네피는 작은 아이로
변하고 말았다.
"에……?"
"그 모습은 도대체……"
"네피……, 맞아?"
마왕인 내가 노예 엘프를 신부로 삼았는데 어떻게 사랑하면 되지?

샤스틸
릴키비스트
성검의 계승자이자
성검의 소녀라 불리는 소녀.
검의 달인이지만 너무 착해서 쉽게
속는다. 마술사를 토벌하는 과정에서
위험에 처했을 때 자간의 도움을 받아
목숨을 건졌다. 덕분에 사악한
존재인 줄만 알았던 마술사
자간에 대한 마음 때문에
갈등하고 있다.
월 포레
강해지기 위해 마왕이 된
자간의 힘을 빼앗으려고
습격한 용족 소녀.
애칭은 포레.
자간에게 패한 후
성에서 네피를 도우며
지내고 있다.

자간
고아로 태어나 어린 시절
어떤 마술사에게 실험용으로
유괴되었으나, 반대로 그 마술사를
암살하고 재산과 지식을 손에 넣었다.
네피에게 첫눈에 반해 돈을 지불하고
샀지만 다른 사람에게 호감을
가지게 된 것이 처음이라 어떻게
대하면 좋을지 몰라서
고민 중이다.
네페리아
하얀 머리를 가진
희귀한 엘프 소녀. 애칭은 네피.
뛰어난 마력을 가진 엘프 중에서도
유난히 강한 마력 때문에
'저주 받은 아이' 취급을 당했다.
자신에게 '필요하다'라고 말해준
자간에게 조금씩 호감을
가지고 있었는데……?

자간 일행은 거대한 용의
보호를 받고 있었다.
하지만 살아 있는
진짜 용은 아니다.
“말도 안 돼——용이라고?”
“——〈천린(天鱗)·용식(龍式)〉——
즉,〈천린〉으로 만든 골렘이다.”

마왕인 내가 노예 엘프를 신부로 삼았는데 어떻게 사랑하면 되지? 4

지음/테시마 후미노리 • 일러스트/COMTA • 옮김/권미량

NEXT

커버 그림 · 본문 일러스트 **COMTA**

Contents

✡ 프롤로그

"짜간 님, 이거 보세요. 도토리가 잔뜩 떨어져 있어요!"

아장거리며 달려온 어린 소녀의 두 손에는 크기도 다양한 열매가 잔뜩 쥐어져 있었다.

자간은 복잡한 시선으로 그 소녀를 바라봤다.

칭찬해줘야 되는 건지, 아니면 걱정해야 되는 건지 판단이 서지 않았다.

자간은 빈말로도 인상이 좋은 남자는 아니다. 그런 자간의 눈빛은 어린아이가 아니라도 덜덜 떨 정도로 험악했지만 소녀는 자랑스러운 미소를 짓고 있었다.

음, 하고 고개를 끄덕인 자간은 소녀의 손바닥 위에 있는 도토리 하나를 집어 들었다.

"크기가 큰 건 상수리나무 도토리다. 떫은맛이 강하니까 배고파 죽을 정도가 아닌 이상 입에 대지 않는 게 좋아."

그 말을 들은 소녀는 멍한 얼굴로 고개를 갸웃거렸다.

"도토리를 먹을 수 있어요?"

"그래. 하지만 즐겨 먹을 만한 맛은 아니야. 그나마 괜찮은 것도 요리할 때 신경을 쓰지 않으면 배탈이 나서 고생하기 일쑤야."

실제로 자간도 부랑아 시절, 숲에 들어가 도토리를 구워서 먹다가 배가 불룩해진다 싶더니 심한 복통을 일으켜 일주일 정도 생사의 기로를 헤맨 적이 있다.

괴로웠던 추억에 한숨을 억누르고 대답하자 소녀의 눈이 더 반짝반짝 빛났다.

"짜간 님은 정말 대단해요! 모르는 게 하나도 없는 것 같아요."

"아니, 모르는 것도 많다……."

먹을 것을 찾아 숲에 들어가 도토리를 씹어 먹던 추억은 아무리 좋게 봐도 밝은 기억은 아니다.

그런데도 소녀는 열매를 빤히 쳐다봤다.

"……어떤 맛이 날까요?"

잠깐이라도 눈을 떼면 그대로 열매를 입에 넣을 것 같은 모습에 자간은 한숨을 흘리며 열매를 받아 들었다.

"굉장히 맛없다니까 그러네."

퉁명스럽게 말하며 주방으로 향한 자간은 앞치마를 하고 프라이팬을 들었다.

자간은 평소 식사 준비는 네피에게 맡겼고, 혼자 지냈을 때는 말린 고기와 우유만 먹으며 생활했지만 요리를 못 하지는 않았다.

오히려 길에서 음식을 주워 먹거나 열매를 먹으며 생활하려면 최소한의 요리 정도는 할 줄 알아야 한다. 안 그러면 목숨이 위험해진다.

그렇게 앞치마를 하고 프라이팬을 든 자간을 소녀가 꼭 끌어안았다.

"짜간 님, 제일 좋아!"

"으, 음……."

너무나도 단도직입적인 말에 자간은 당황하면서 고개를 끄덕이는 것이 고작이었다.

그 옆에 용의 뿔이 달린 소녀가 종종걸음으로 와서 섰다.

양녀인 포레였다.

"자간, 내가 도와줄게."

"고맙다. 부탁 좀 하마."

요리를 할 줄 아는 것과 맛있는 요리를 만들 줄 아는 것은 다르다. 간을 봐줄 사람이 있다는 게 참 고마웠다.

조리대에 선 포레를 보고 소녀가 감격스러운 표정을 지었다.

"언니도 요리를 할 줄 알아요?"

"조금."

성에서 식사 준비를 담당하고 있는 사람은 네피지만 포레는 성에 왔을 때부터 그녀를 거들었다. 최근에는 몇 가지 메뉴를 통째로 맡게 되었다고 한다.

포레가 작게 고개를 끄덕이자 소녀는 폴짝폴짝 뛰며 소리를 높였다.

"뽀레 언니, 대단해요!"

"언니……!"

'언니'라는 호칭에 포레는 현기증이라도 난 것처럼 비틀거렸다.

가만히 보니 무슨 일인지 발그레해진 얼굴로 눈을 동그랗게 뜨고 있었다.

생각해보면 포레는 주위 사람들에게 귀여움을 받으며 지내기는 했어도 '언니'라고 불린 적은 한 번도 없었다. 속은 인간보다 오래 사는 용이라도 소녀는 소녀이니 어쩔 수 없다.

포레는 소녀를 꼭 끌어안았다.

"……귀여워."

"네?"

소녀는 잠깐 눈을 깜빡거렸지만 이내 '에헤헤' 하고 웃으며 포레를 끌어안았다.

"뽀레 언니, 따뜻해요."

그대로 소녀가 뺨을 대고 비비자 포레는 만족스러운 한숨을 흘렸다.

"……자간, 이대로도 괜찮지 않을까 하는 생각이 들기 시작했어."

"……음. 나도 그래."

"어이, 그러면 안 되지! 둘 다 정신 차려!"

둘이 눈을 가늘게 뜨고 있자 어이없어하는 목소리가 울려 퍼졌다. 오랜만에 세례 갑옷을 걸쳐 정장을 갖춰 입은 샤스틸이었다.

그녀는 눈물을 글썽이고 붉은 머리를 흔들며 외쳤다.

"네피가 작아졌다고! 이대로도 괜찮을 리가 없잖아?!"

포레에게 안겨서 천진난만한 미소를 짓고 있는 소녀는 아무리 봐도 다섯 살 남짓이다. 하지만 뾰족한 귀, 그리고 새하얀 머리카락과 푸른 눈동자를 가지고 있다. 하이 엘프라 불리는 종족인 소녀다.

무엇보다 그 목에는 헐거워진 목걸이가 있었다.

그것이 바로 자간이 사랑해마지 않는 소녀——네피의 현재 모습이었다.

작아져버린 네피. 앞치마 차림으로 도토리를 굽고 있는 마왕. 그리고 매섭게 나무라는 샤스틸.

본래는 그 모든 것이 있을 수 없는 일이었다.

이곳은 지금은 멸망한 엘프들이 숨어 사는 마을.

네피의 고향이자 북쪽 성지였다.

사건의 발단은 지금으로부터 이틀 전——.

제1장 ✡ 가족도 늘어났으니 신부의 고향 방문에 따라가기로 했다.

"네피, 거기 있나?"

그날 자간은 자신의 거성 여기저기를 돌아다니고 있었다.

예전에는 고문 도구와 백골 사체가 나뒹굴던 곳이지만 네피의 헌신적인 노력으로 몰라볼 만큼 아름답게 변했다. 무너진 천장도 보수한 덕분에 지금은 몇 십 명 정도는 거뜬히 지낼 수 있는 환경이 되었다.

그런 성안에는 몇 명이나 되는 마술사들이 오가고 있었다.

이제는 한 달 정도 지난 일이지만 〈마왕〉 비프론스가 연 야회(夜會)에서 다수의 마술사들이 말려든 사건이 일어났었다.

마왕 후보로 이름이 거론되어도 전혀 이상하지 않은 자들만 모인 야회에서 몇 십 명이나 되는 마술사가 목숨을 잃었다. 사건을 수습한 사람은 자간으로, 그것을 인연으로 30명 정도 되는 마술사들이 그의 부하가 되었다.

그 사건을 계기로 자간이 사랑하는 소녀 네피가 '하이 엘프'라고 불리는 종족이며 그녀들이 해석했다는 신령 언어, 그리고 그 언어를 승화시킨 신령 마법의 존재에 대해 알게 되었다.

그것들의 정체를 해명하려면 지금은 아무리 일손이 많아도 부족했다.

방 하나를 힐끔 들여다보니 머리에 산양 같은 뿔이 난 노파가 걸쭉한 액체가 든 솥을 끓이며 안을 휘젓고 있었다.

"키히히, 키히히히히히, 이것 좀 보렴, 윌 포레. 이 할미 특제 퐁당 초콜릿을 먹고도 노예가 되지 않은 자는 없단다. 키히히히."

——저 녀석, 포레의 간식을 만들어주고 있는 건가……?

이 수상한 노파의 이름은 고메리. 〈요부〉라는 별명을 가지고 있으며 예전에는 마왕 후보로도 꼽힌 적이 있는 마술사다. 자간의 부하 중에서도 1, 2위를 다툴 정도의 힘을 가진 자다.

……뭐, 지금은 손녀에게 과자를 만들어주느라 정신이 없는 할머니지만.

신령 언어, 신령 마법, 성검, 〈마왕의 각인〉, 그리고 13명의 〈마왕〉.

자간이 알고 있는 것만 해도 타도해야만 하는 장해물이 너무나도 많다.

새로 그의 산하에 들어온 마술사들은 그런 자간의 연구를 보조하기 위해 선대 〈마왕〉 마르코시어스 의 마왕전과 이 성을 오가며 자간이 원하는 정보와 지식을 찾고 있었다.

협조성과는 거리가 먼 마술사가 자간이라는 〈마왕〉의 밑이기는 해도 분쟁을 일으키지 않고 있는 것에는 '어떤 남자'의 힘이 컸다.

"모두 열심히 일하도록! 나의 왕에게 바칠 책을 찾아내는 거다."

현관홀에서 악귀 나찰 같은 형상을 한 집사가 사납게 고함을 지르고 있었다.

그 초로의 남자의 한쪽 팔은 갑주로 된 의수였고 허리에는 검을 차고 있었다. 마술사의 천적인 교회의 성검을 소지하고 있으며 전(前) 성기사장이기도 한 라파엘이었다.

지금은 집사로서 자간에게 충성을 맹세한 몸으로 마술사들에게 분발을 촉구하고 있었다.

“오늘 점심은 뼈가 붙은 돼지갈비와 새끼양 스프다. 편하게 앉아서 먹고 싶으면 어서 임무를 완수하도록 해!”

충실한 집사가 손에 들고 있는 물건은 성검이 아니라 주방의 **국자**였다. 식사 준비가 다 되어서 마술사들에게 어서 일을 끝내라는 말을 하러 온 모양이다.

“““““네~!”””””

훈련된 마술사들은 동요하지 않고 대답했다.

외모와 직함은 위압적이지만 라파엘이 만든 음식은 맛이 일품이다. 이 성에서 한 달이나 지내고 나면 그 맛을 손꼽아 기다리게 된다.

게다가 전 성기사장인 그는 단순한 힘으로도 이곳에 있는 마술사들을 섬멸할 수 있는 전투력을 가지고 있다.

그래서 이 초로의 집사에게 마술사들을 총괄하는 임무를 맡겨 본 것인데 상당히 잘 돌아가고 있는 듯했다.

그리고 잘 돌아가는 이유로 한 가지 더 짐작 가는 것이 있었다.

――정당한 보수가 있으면 의외로 마술사들도 배신을 하지 않는구나.

자간은 마술사들에게 일한 대가로 각자가 원하는 것을 주기로 했다. 보수는 돈, 마술서, 마술에 사용하는 촉매 등 다양했다. 상대가 먼저 배신하지 않는 한 보수는 정기적으로 계속해서 지급될 것이다.

덕분에 30명이나 되는 마술사들이 한자리에 모여 있는데도 아직껏 작은 다툼 한 번 없었다.

자간을 본 라파엘은 물 흐르듯 매끄럽게 허리를 굽혔다.

"나의 왕이시여, 무슨 용건이라도?"

"네피를 찾고 있는데 혹시 주방에 있나?"

"네피 아가씨라면 장을 보러 갔다가 돌아와서 다른 곳에 간 것 같은데. 서재에 간 것 아닌가?"

자간은 고개를 가로저었다.

"아니, 못 봤어. 엇갈린 건가?"

"이제 곧 점심때니 성 밖으로 나가지는 않았을 텐데."

"알았다. 조금 더 찾아보지."

자간은 그렇게 말하고 라파엘과 헤어졌다.

점심시간이 가까워서 그런지 복도를 달려가는 마술사도 여기저기 보인다.

그러나 애당초 마술사라는 인종은 악당이다.

사교적인 마술사 같은 게 있을 리 없으니 복도에서 스쳐 지나가도 가벼운 눈인사를 던지며 대화를 나누는 일은 거의 없었고, 성안은 그 전과 별로 다르지 않게 조용——

"아, 자간 님, 안녕하세요!"

머리가 지끈거릴 만큼 요란한 목소리로 인사한 사람은 마술사가 아니었다.

"……잠깐. 왜 네가 여기 있는 거지?"

그대로 지나가려는 소녀의 머리를 꽉 잡았다.

파란 머리 사이로 보이는 것은 지느러미처럼 생긴 귀, 즉 세이렌이라고 불리는 종족의 소녀다. 이 소녀도 지난번 사건의 생존자 중 한 명인데 마술사가 아니라 악단의 가수였다.

소녀는 주눅 든 기색 하나 없이 '에헤헤' 하고 혀를 내밀었다.

"아시다시피 우리 악단, 지난번 사건으로 단원들과 악기가 모두 잡아먹히고 말았잖아요? 그래서 술집에서 하소연을 했더니 마뉴엘라 언니가 이곳을 소개해줬어요!"

갑자기 머리가 아파왔다.

——그 여자, 우리 집을 탁아소로 착각하고 있는 거 아니야?

다른 곳도 아닌 〈마왕〉의 성에 일감을 찾으러 오다니……. 자간이기에 망정이지 다른 〈마왕〉이었다면 그대로 산 제물이나 실험동물 확정이다.

"그런 이야기는 듣지 못했는데……. 용케도 이곳에 들어왔군."

이 성에는 자간이 결계를 여러 개 쳐두었다. 평범한 마술사나 성기사는 성이 있다는 사실조차 인식하지 못하며, 결계를 돌파하더라도 그 다음에는 **죽지 않을 정도**의 고통을 주는 것이 기다리고 있다.

솔직히 말해 마술사도 아닌 일반인이 이곳까지 들어온다는 것은 생각하기 힘든 일이었다.

세이렌은 아무렇지도 않게 웃으며 대답했다.

"네피 님과 이야기를 나누며 따라갔더니 그냥 들어가지던데요?"

"……너, 그러고도 용케 무사했군."

"네?"

이 성에 도착하기 전까지의 길도 그렇지만 성안에도 적에 대비해 무수한 트랩이 설치되어 있다. 그중 하나라도 걸렸다면 이 소녀의 목숨은 이미 없었을 것이다.

그렇게 설명해주자 세이렌 소녀는 순식간에 새파랗게 질렸다.

"노, 농담이죠?"

"반대로 묻지. 〈마왕〉의 성이 아무 함정도 없는 곳일 것 같나?"

"그렇지만 저처럼 보잘 것 없는 사람도 도와주시는 분이니 분명 좋은 곳일 거라고……."

"그건 좋은 게 아니라 경계가 부족한 어리석은 자일뿐이다. 그런 〈마왕〉이 있다면 내가 지금 당장 목을 베러 가고 싶을 정도야."

마술사의 거점은 지식의 보고다.

지식이 그대로 힘과 직결되는 마술사에게 거점이 폭로된다는 건 힘을 빼앗기는 것과 똑같다.

그래서 마술사는 빈집털이를 제일 두려워한다.

당연히 마술사는 거점을 지키기 위해 흉악하기 그지없는 함정을 설치해둔다.

그런 일에 대해 둔감한 자간도 외부인에 대해서는 무시무시한 함정이 발동하도록 해두었다. 구체적으로 말하자면 전 마왕 후보인 발바로스도 잘못하면 죽을 정도인 함정이다. 물론 이 함정은 지식이 아니라 네피와 포레, 라파엘 같은 가족을 지키기 위한 것이지만.

세이렌은 새파랗게 질려서 자간의 허리춤에 매달렸다.

"그, 그럴 수가! 우리 사이에 그건 너무하잖아요! 살려주세요!"

"몰라. 애당초 난 네 이름도 모른다."

기억하고 자시고 할 것도 없이 지난번 사건 때는 이름을 물어볼 기회조차 없었다.

자간은 한숨을 쉬며 세이렌 소녀――셀피에게 보석 하나를 내밀었다.

"일단 그걸 가지고 있어."

"이게 뭐예요?"

"성안을 돌아다녀도 죽지 않게 해주는 도구다. 하지만 성에 있는 물건을 들고 나가면 죽으니까 쓸데없는 생각은 하지 말도록."

솔직히 귀찮고 시끄러워서 별로 엮이고 싶지 않았지만 마뉴엘라와 아는 사이라면 못 본 척 할 수만은 없었다.

네피의 친구라서 그런 것도 있지만, 자간 자신도 네피와 포레의 옷을 고를 때 그녀의 도움을 받곤 하기 때문이다. 잠깐이라도 틈을 보이면 이상한 옷을 입히고 싶어 하는 점은 골치 아프지만, 자간의 요구 사항에 딱 맞는 옷을 골라주는 보기 드문 사람이기도 했다.

셀피는 휙휙 힘껏 고개를 끄덕였다.

어이가 없다는 얼굴로 세이렌 소녀를 바라보며 고개를 갸웃거렸다.

"그나저나 그 다리는 뭐지? 인조 다리인가?"

원래 세이렌의 하반신은 뱀처럼 생긴 꼬리다. 그런데 셀피의 하반신에는 인간과 똑같은 두 다리가 달려 있었다.

"아, 이것 말이에요? 성이 건조해서 금방 이렇게 되더라고요."

"……너희는 건조하면 꼬리가 두 다리로 변하는 거냐?"

"맞아요."

당연하다는 태도인 대답을 들으니 다시 머리가 아파오기 시작했다.

"마뉴엘라에게 소개를 받았다는 말은 여기서 일할 생각이라는 건가?"

"네! 일손이 부족하다고 들었거든요."

"……일손이 부족한 건 사실인데, 마술에 대한 지식 같은 건 있나?"

"없어요! 사실 노래하는 것 말고 다른 재주는 없거든요!"

소녀는 자못 자랑스럽다는 표정으로 말했다. ……가수니까 어쩔 수 없지만 마술에는 별다른 도움이 되지 못할 것 같다.

어쩔 수 없이 자간은 자신이 걸어온 방향, 현관홀을 가리켰다.

"저 앞에 있는 현관홀에 라파엘이라는 집사가 있다. 그 녀석에게 일거리가 없는지 물어봐. 없으면 포기하고 돌아가고."

이 소녀가 이곳에 머물게 되면 이래저래 시끄러워질 것 같았지만 비프론스의 피해자라고 생각하니 그냥 내쫓는 것도 마음에 걸렸다.

한 번 정도는 기회를 주는 것도 괜찮을 것 같다.

그러자 셀피는 폴짝폴짝 뛰며 기뻐했다.

"와앗! 감사합니다, 〈마왕〉님."

그 순간 문득 생각나는 게 있었다.

"그러고 보니 네피와 함께 들어왔다고 했지. 네피가 어디로 갔는지 알고 있나?"

"네피 씨라면 안뜰 쪽으로 간 것 같은데요?"

"그래. 고맙다."

자간은 그렇게 말하고 안뜰을 향해 걸어가기 시작했다.

"우와아……. 〈마왕〉님이 고맙다는 말을 했어……."

셀피가 믿을 수 없다는 듯 중얼거린 건 알아채지도 못한 채.

◇

안뜰로 들어가니 동물 한 마리가 몸을 둥글게 웅크리고 있었다.

볕을 쬐고 있는 걸까. 기분 좋게 하품을 하고 있는데 고양이치고는 조금……, 아니, 너무 크다. 전체 길이만 해도 자간의 키보다 더 큰 거대한 체구인 그 동물은 검은 털의 사자였다.

——이 자식, 이렇게 보니 진짜 고양이 같군…….

가끔은 자간도 저 털 속에 손을 집어넣고 싶은 충동에 시달리지만 저래 봬도 전(前) 마왕 후보이자 〈흑인(黑刃)〉이라는 별명을 가진 마술사 키메리에스다.

앳된 목소리가 그런 사자의 이름을 불렀다.

"키메리, 키메리."

종종거리며 달려온 사람은 10살 정도밖에 되지 않는 어린 소녀였다.

세 가닥으로 땋아 등 뒤로 늘어뜨린 초록 머리와 호박색을 띤 커다란 눈. 하얀색과 심홍색을 베이스로 한 이국의 민족의상을 입었다. 단, 머리카락 사이로는 용의 뿔이 솟아 있었다.

자간의 양녀인 포레다. 마술사로서의 이름은 〈망령〉 월 포레. 이 소녀도 전 마왕 후보 중 한 명이다.

키메리에스는 포레의 목소리가 들린 쪽으로 시선을 돌렸다.

"하암……. 아, 실례. 무슨 일인가요, 포레 아가씨."

"화단에 꽃이 폈어. 어서 와봐."

"그렇군요. 그럼 가볼까요."

검은 사자가 유창한 인간의 언어로 말하더니 네 다리로 성큼성큼 걷자 포레는 당연하다는 듯 그 등에 올라탔다.

한 사람과 한 마리는 안뜰 안쪽에 있는 화단으로 향했다.

자간은 말을 걸지 말지 망설였지만 네피를 찾고 있었기 때문에 그 뒤를 따라갔다.

머지않아 사자가 걸음을 멈춘 화단에는 아름다운 분홍색 꽃이 피어 있었다.

"정말 예쁘게 피었군요, 포레 아가씨."

"아침마다 **뱀의 생피**를 줬거든."

"대단하십니다. 그럼 수확하도록 할까요?"

"응. 부탁할게."

옆에서 보면 어리고 귀여운 소녀가 맹수에게 위협을 당하고 있는 것 같지만 포레는 두려워하는 기색이라곤 조금도 없었다. 그대로 갓 피어난 예쁜 꽃의 줄기를 꽉 잡았다.

그리고 무슨 생각인지 그대로 힘껏 잡아당겼다.

「꺄아아아아아아아아아아아아아아아아아아아아아아아아아아악!」

바로 그 순간, 귀가 찢어지는 것 같은 절규가 울려 퍼졌다.

그쪽을 보니 포레가 뽑은 꽃의 뿌리는 인간 같은 형상이었고, 절규는 그 입에서 터져 나오고 있었다.

이윽고 절규가 멈추자 포레는 만족스러운 한숨을 흘렸다.

"이것 봐, 키메리. 진짜 커."

"아주 잘 키우셨군요. 한순간이지만 중화시키지 못하는 줄 알고 걱정했습니다."

인간의 모습을 한 뿌리는 포레의 품을 가득 채울 만큼 컸다. 인간 아기 정도 되는 크기였다.

이 식물의 이름은 맨드레이크. 마술약의 재료로 많이 사용되는데, 땅에서 뽑는 순간 저주 섞인 비명을 지른다. 보통 사람이 이 비명 소리를 들으면 죽음을 면치 못하고 마술사도 미쳐버릴 정도로 흉악하다.

키메리는 소리를 매개로 한 마술에 능해서 그가 맨드레이크의 비명을 막은 것 같았다.

포레는 아무 일도 아니라는 듯 고개를 옆으로 흔들었다.

“호들갑도 참. 맨드레이크의 비명으로는 용의 마력을 파괴하지 못해.”

아직 어린 용이지만 이 소녀도 일단은 용이다. 용은 모든 주술과 마술에 내성을 가지고 있고, 맨드레이크의 비명도 막아낼 수 있다.

포레가 그렇게 말하자 키메리에스는 사자의 얼굴로 고개를 흔들었다.

“이곳에 있는 모든 마술사들이 포레 아가씨나 저 같은 힘을 가지고 있는 건 아닙니다. 그들도 자간 씨의 부하이니 안전에 신경을 써야 겠죠.”

“응. 그래서 키메리를 데리고 온 거야.”

“그렇군요. 포레 아가씨는 정말 똑똑하십니다.”

그러더니 두 사람은 뒤를 돌아보았다.

“무슨 용건이라도 있습니까, 자간 씨?”

“아, 네피를 좀 찾고 있는데…….”

“네피 씨라면 옥좌의 방으로 가셨습니다. 자간 씨를 찾는 것 같던데요.”

“네피가……? 알았다. 그쪽을 찾아보지.”

네피도 자간을 찾아다니다 서로 엇갈린 모양이다.

고개를 끄덕인 자간의 시선이 딸에게 향했다.

사랑스러운 양녀는 커다란 맨드레이크를 소중히 안고 있었다.

"포레, 그건 어디다 사용할 거지?"

"간식."

망설임 없는 대답에 자간은 바로 대꾸하지 못했다.

"……그래. 맛있나 보군."

"응. 달콤한 마력이 잔뜩 들어 있어서 맛있어."

그러고 보니 옛날에는 마술사가 키운 맨드레이크 밭을 용이 마구 먹어치운 사건도 있었다고 한다. 별로 알려져 있지 않지만 용이 좋아하는 음식인지도 모른다.

"그거 잘됐구나. ……혹시 평소 식사량이 부족한 건 아니고?"

이렇게 보면 작은 여자아이지만 원래 모습은 인간을 등에 태우고 날 수 있을 만큼 큰 거구를 자랑한다. 물론 아직은 용치고 작은 편이지만 그 몸을 감당하기에 인간 기준의 식사량으로는 부족했을지도 모른다.

자간이 그렇게 묻자 포레는 고개를 흔들었다.

"아냐. 네피가 해주는 밥은 맛있고 양도 충분해. 그치만 난 약하기 때문에 마력을 보충해두지 않으면 안 돼."

약하다고 해도 웬만한 마술사는 상대도 되지 않을 만큼 강하지만 용으로서 더 강해지고 싶은 것이리라.

그러더니 포레는 그 커다란 맨드레이크를 내밀었다.

"자간도 먹을래?"

"……나중에."

그런 다음 딸의 머리를 쓰다듬어준 자간은 옥좌의 방으로 걸음을 옮겼다.

◇

옥좌의 방으로 돌아가자 그곳에는 라파엘과 셀피가 있었다.

……무슨 짓을 저질렀는지 셀피는 고양이처럼 라파엘에게 목덜미를 붙들린 채 창백해진 얼굴로 덜덜 떨고 있었다.

"나의 왕이여, 침입자다. 처리할까? 아니면 부하들의 노리갯감으로 던져줄까?"

가만히 생각해보니 라파엘은 정당방위로 무려 500명에 가까운 마술사를 베어 죽인, 그야말로 오해와 편견이 옷을 입고 걸어 다니는 것 같은 남자다. 그리고 셀피는 상대방의 이야기를 제대로 듣지 않는 타입의 인간이다.

그런 두 사람이 만났으니 제대로 된 대화가 오갔을 리 없다.

――이렇게 될 줄 예상했어야 했는데…….

네피를 찾아다니느라 미처 신경 쓰지 못했다.

"아~……, 네피가 그 아이를 데리고 왔다고 하더군. 시킬 만한 일거리는 없나?"

"음, 여기서 일을 시킬 생각인가?"

"무리인가?"

"무리는 아니지만 이 녀석이 살아남을 수 있을지 보장은 못한다."

"히이이이익!"

셀피는 덜덜 떨었지만 자간은 아무 일도 아니라는 듯 고개를 끄덕였다.

"부하들에게 셀피는 먹잇감이나 장난감이 아니라고 말해두면 덮치는 일도 없을 거야."

"그렇다면 문제없다. 이곳에 있는 게 무엇인지 뼈에 사무치도록 깨닫게 해주마."

"역시 돌아갈게요! 그냥 백수로 지낼래요!"

"어리석긴. 넌 이미 내 왕에게 고용되었다. 목숨을 걸고 일해라."

"싫어어어어!"

――처음부터 차근차근 일을 가르쳐주겠다는 뜻으로 한 말이겠지…….

자간은 그 의미를 알면서도 아무 말도 하지 않은 채 옥좌에 걸터앉았다.

자간이 오해를 풀어주어도 괜찮지만 여기서 일할 생각이라면 빨리 익숙해지는 게 좋다. 그래서 일부러 아무 말도 않기로 했다.

그렇게 시끌벅적한 소동에 난감해하고 있을 때였다.

"자간 님, 많이 바쁘신가요?"

구슬이 굴러가는 것 같은 목소리.

옥좌의 방 입구에 줄곧 찾아다니던 소녀가 서 있었다.

네피였다.

오늘도 군청색 원피스에 레이스로 멋을 낸 앞치마로 이루어진 시녀복 차림. 그 목에는 투박한 목걸이가 채워져 있다.

허리까지 내려오는 순백의 머리에 호수처럼 파란 눈동자. 뾰족한 귀는 엘프족 특유의 것인데 이 소녀는 엘프지만 엘프가 아니다. 하이 엘프라고 불리는 고대종이자 자간이 사랑해 마지않는 신부다.

그 뾰족한 귀가 움찔거리는 모습을 보고 네피가 안절부절못하고 있다는 사실을 알아차렸다.

——그러고 보니 네피도 나를 찾고 있었다고 했지.

긴히 할 이야기가 있는지도 모른다.

자간은 아무 일도 아닌 것처럼 고개를 옆으로 흔들었다.

"이미 끝났다. 걱정하지 마."

"네에……."

애매하게 고개를 끄덕이더니 얼굴이 눈물과 콧물로 범벅인 세이렌 소녀를 쳐다봤다.

"네피 씨, 살려주세여어어어어어어!"

"저 녀석은 오늘부터 라파엘의 일을 도와주기로 했다."

그렇게 설명해주자 네피는 무표정이지만 기쁜 듯 귀 끝을 떨더니 두 손을 짝 마주쳤다.

"잘됐어요, 셀피 씨."

"제가 한 말을 듣긴 한 거예요?"

정녕 이곳에는 자신의 편이 없냐며 셀피의 얼굴이 절망으로 물들었다.

그러자 라파엘이 입을 열었다.

"식사 준비가 다 되었는데 나중에 들 텐가?"

"그래, 먼저들 먹고 있어."

네피를 찾았던 건 물론 용건이 있어서다.

좀 골치 아픈 이야기가 될 것 같아서 식사를 기다리고 있을 다른 마술사들을 기다리게 하는 건 미안했다.

"분부대로 따르지."

라파엘은 가슴에 손을 올리고 머리를 숙였다.

자간은 네피를 손짓해 불렀다.

"나를 찾았다고 들었는데."

자간도 네피에게 할 이야기가 있었지만 네피의 이야기를 먼저 들어주고 싶었다.

이야기를 재촉하자 네피도 하얀 머리를 흔들면서 고개를 끄덕였다.

"네. 드릴 이야기가 있어서요."

"……음. 일단 앉지."

"네."

자간의 권유에 네피는 옥좌 앞으로 다가왔다.

그리고 그대로 자간의 무릎 위에 앉았다.

셀피가 어안이 벙벙한 표정을 짓는 것도 아랑곳 않은 채 네피는 고개를 갸웃거렸다.

"여기 말이죠?"

"음, 그래."

(그래라고?)

어쩐지 셀피의 그런 외침이 들린 것 같았지만 그쪽으로 시선을 돌렸을 때는 이미 라파엘이 그녀의 입을 틀어막고 있었다.

옥좌의 방 한쪽 구석에는 다른 의자도 있었지만 네피의 행동에는 망설임이 없었다. 그러면서도 자간의 무릎에 체중을 다 싣지 않으려고 남몰래 엉거주춤한 자세로 앉아 있는 모습이 더없이 사랑스러웠다.

여유로운 태도를 보이고 있는 듯해도 자간은 부드러운 엉덩이와 허벅지의 감촉에 얼굴이 헤벌쭉해질 것만 같았다.

——왠지 최근 들어 네피가 솔직하게 응석을 부리는 것 같은 느낌이 든단 말이야!

비프론스 사건 이후, 단둘이 있을 때는 자간도 자연스럽게 네피를 무릎에 앉히지만 네피 역시 거기에 대한 거부감이 사라졌다고 할까, 의문을 품지 않게 된 것 같았다.

자간이 진지하게 고개를 끄덕이자 라파엘과 셀피는 옥좌의 방을 나갔다.

(엄청나요. 〈마왕〉님의 포용력이 엄청나요.)

(나의 왕의 사려 깊은 마음을 우리는 헤아리지 못한다.)

(도대체 어디가 사려 깊다는 거예요?)

마지막까지 셀피가 뭐라고 고함을 지른 것 같았지만 신경 쓸 일은 아니리라.

그대로 두 사람의 뒷모습이 보이지 않게 되자 자간은 네피에게로 시선을 돌렸다.

네피는 뭔가 갈등하듯이 자신의 머리카락을 손가락으로 만지작거리고 있었다. 뾰족한 귀는 축 처졌다가 다시 쫑긋 서기를 반복했다.

결심은 했지만 새삼 솔직하게 이야기하려니 다시 긴장이 되는 모양이다.

——긴장을 푸는 방법이 뭐가 있더라?

재촉할 생각은 없지만 사랑하는 소녀에게 작은 격려 정도는 해주고 싶었다.

잠깐 고민하다가 네피의 머리카락 한 가닥을 집어 올렸다. 그리고 네피의 손가락에 감겨 있는 머리카락에 살짝 감아봤다.

"……?"

"……."

이 반응은 예상하지 못했던 건지, 네피는 깜짝 놀란 듯 귀를 떨더니 자간을 올려다봤다.

하지만 왜 이런 일을 했는지 설명하지 못하는 것은 자간도 마찬가지라 두 사람은 말없이 서로를 가만히 바라봤다.

——하얀 머리는 자세히 보면 투명하구나. ……음. 예쁘다.

색소가 빠져서 투명해진 머리카락이 한데 모여 하얗게 보이는 것뿐이다.

네피는 고민에 빠진 듯 고개를 숙이더니 갑자기 뭔가 떠오른 것처럼 고개를 끄덕였다.

그리고 무슨 생각을 했는지, 자간의 가슴에 몸을 맡기듯 기댄

후 손가락에 감고 있던 머리카락 끝으로 자간의 목을 어루만졌다.

——으응? 이 상황은 뭐지? 어쨌든 귀엽지만.

진지한 얼굴로 열심히 자간을 간지럽히려고 하는 소녀는 그대로 끌어안고 싶어질 만큼 사랑스러웠다.

옥좌에 기대 앉아 신부의 머리카락을 가지고 노는 〈마왕〉과 그 〈마왕〉의 무릎 위에 앉아서 목을 간지럽히는 엘프 소녀.

형용하기 어려운 침묵이 퍼졌다.

그러다가 먼저 입을 연 사람은 자간이었다.

"간지럽다."

"……그만, 둘까요?"

"아니, 괜찮아."

뭐가 '괜찮다'는 건지는 자신도 모르겠지만 나쁘진 않다. 오히려 치유되는 기분이다.

한동안 그러고 있자 네피도 결심이 섰는지 입을 열었다.

"자간 님, 실은 긴히 부탁드리고 싶은 게 있어요."

네피가, 그것도 이렇게 진지하게 뭔가를 부탁하는 건 처음 있는 일이었다.

자간도 긴장해서 고개를 끄덕였다.

"그래, 뭔지 한번 들어볼까."

네피는 자간에게 기댄 채 작게 심호흡을 했다.

달콤한 한숨과 가슴이 부풀어 오르는 감촉이 직접 전해져오자 자기도 모르게 자간도 소녀의 등에 팔을 둘렀다.

네피는 몸을 움찔 떨었지만 결심을 한 듯 입을 열었다.

"한동안 휴가를 얻을 수 있을까요?"

지금 이 상황에서 설마 했던 휴직 신청.

자간의 품을 떠나고 싶다는 말에 자간은 전혀 동요하지 않고 대꾸했다.

"음, 엘프 마을을 알아보러 가고 싶은 건가."

"……엣?"

네피는 통째로 마음을 읽히기라도 한 것처럼 입만 뻐끔거렸다.

잠시 말이 나오지 않는 듯 입만 벌리고 있다가 믿을 수 없다는 얼굴로 말했다.

"어, 어떻게 아셨어요?"

"딱 보면 알지."

"그런……가요?"

여전히 당황한 모습이었지만 그녀의 귀는 마음을 놓은 것처럼 아래로 축 늘어져 있었다.

――사실은 같이 가자고 하려고 알아봤던 거지만…….

벌써 한 달이나 전의 일이지만 〈마왕〉 비프론스와의 만남을 통해 네피는 자신이 하이 엘프라고 불리는 종족이라는 사실을 알게 되었다.

그리고 그녀만이 이해할 수 있는 신령 언어 역시 하이 엘프의 말이라는 것도.

아마 당장이라도 성을 뛰쳐나가고 싶었을 것이다. 하지만 갑자

기 부하들이 늘어나면서 성안의 가사가 제대로 돌아가게 될 때까지 기다려줬다,

——가끔 그 일로 고민하는 듯한 귀를 하고 있었지.

자간 역시 하루라도 빨리 그 기회를 만들어주고 싶었지만 타인을 신용하는 데 아직 익숙하지 않았다. 그러다 보니 괜찮다고 확신할 때까지 제법 시간이 걸리고 말았다.

그래서 자간은 별일 아닌 것처럼 대답했다.

“안 그래도 슬슬 데리고 가려던 참이었다.”

“데리고 가다니, 자간 님도 같이 가실 거예요?”

“비프론스 같은 놈도 있다. 널 혼자 보낼 수는 없지.”

그러면서 라파엘이 나간 문으로 시선을 던졌다.

“다행히 부하 마술사들은 순조롭게 일하고 있다. 성은 라파엘에게 맡겨둬도 문제없을 거야.”

자간이 엘프들이 숨어 사는 마을로 떠나게 되면 성이 비게 되고, 그러면 라파엘이 모든 것을 떠맡게 된다.

그때 라파엘 혼자 있어도 문제가 되지 않을지 확신이 필요했고, 그래서 네피를 더 기다리게 하고 말았다.

“자간 님은 뭐든 다 꿰뚫어 보고 계신 것 같아요.”

“뭐, 나름대로.”

자신이 생각해도 참 무뚝뚝한 대답이었지만 네피는 뾰족한 귀 끝까지 빨개져서 고개를 끄덕였다.

“……어디든 함께할게요. 어디든 데리고 가주세요, 자간 님.”

“그, 그래.”

과장되게 고개를 끄덕여 보이며 생각했다.

——네피가 태어난 고향……이라.

네피에게는 괴로운 기억밖에 없는 곳인지도 모른다.

그래도 그녀가 어떤 곳에서 살아왔는지 볼 수 있다는 것은 왠지 기쁘기도 했다.

이렇게 해서 자간 일가는 네피의 귀향길에 함께하기로 했다.

◇

"……흠. 이곳이 그 여자가 있는 성인가."

자간의 성 상공에 한 소녀가 떠 있었다.

하얀색에 가까운 은발에 달을 연상시키는 금색 눈동자. 칠흑 같은 피부에 노출이 심한 옷을 입은 다크 엘프였다.

그 얼굴은 놀랄 만큼 네피와 닮아 있었다.

소녀의 이름은 네프테로스.

〈마왕〉 비프론스의 부하이자 네피를 적대하는 하이 엘프다.

——네페리아…….

자신과 똑같은 얼굴을 가진 소녀.

같은 하이 엘프인데도 주인인 비프론스는 네프테로스보다 네페리아를 더 높이 평가했다.

그 사실이 네프테로스의 가슴에 증오의 불을 피웠다.

그것은 자간 일행과 일전을 벌이고 난 뒤인 지금도 여전히 변하지 않았다.

지금 여기서 마술로 기습을 하면 아무리 〈마왕〉이라도 네페리아를 지키지 못할 것이다. 바로 지금 네프테로스는 그 절호의 기회를 가지고 있었다.

그렇지만…….

"……운 좋은 여자."

지금 자신은 네페리아를 죽이기 위해 이곳에 온 게 아니다. 여기서 공격을 하게 되면 원래 임무를 완수하지 못하게 된다.

그래서 끓어오르는 분노를 억누르며 노려보는 수밖에 없었다.

네프테로스는 꾸러미 하나를 안고 있었다.

——이것만 전해주면 이렇게 짜증나는 곳에는 더 이상 볼일 없어…….

아래에 있는 성에는 정교하고 강력한 결계가 무수히 쳐져 있다.

마술의 기본은 마법진을 그리는 것이다. 마술서를 읽고 이해한 다음, 그 마법진을 차츰 복잡하게 만들고, 그 뒤에야 주문과 도구로 만들 수 있게 된다.

이 성의 결계는 주위에 있는 숲을 그대로 결계의 일부로 끌어들였다.

나무들과 작은 시내의 배치 등은 말할 것도 없고, 달과 태양의 빛에 의해 생기는 그림자, 숲을 지나가는 바람 소리까지 마법진으로 기능하고 있었다. 즉 시간과 바람의 방향에 따라 결계의 구조가 변한다는 뜻이기도 했다.

동일한 수법은 두 번 다시 통하지 않고 공략법을 구축하는 것이 불가능한 무서운 결계다.

——인정하고 싶지 않지만 예술적이기까지 한 마술이야.

비프론스 밑에서 마술을 배운 네프테로스도 흉내조차 낼 수 없는 고도 마술의 결정체. 자기도 모르게 넋을 잃고 바라봤다.

그 아름다운 결계 안에서는 여러 마술사들이 바쁘게 오가고 있었다.

자간의 부하들이지만 주인의 적이 바로 위에 있다는 것도 눈치채지 못하는 어중이떠중이들이다.

이대로 '짐'을 던져두기만 해도 네프테로스의 용건은 끝나는데…….

"——!"

그 순간, 등골이 오싹해지는 살기가 느껴졌다.

발밑에 있는 성을 보니 마술사들에게 지시를 내리고 있는 초로의 남자——전 성기사였다는 라파엘인지 뭔지 하는 이름이었던 자——가 네프테로스를 노려보고 있었다.

——역시 〈마왕〉의 부하로 어중이떠중이들만 모여 있는 건 아닌가.

들켰다면 어쩔 수 없다.

마력을 해방시켜서 결계에 작은 진동을 가한다.

자간이 아무리 뛰어난 마술사라도 성 하나가 아니라 숲 전체를 뒤덮고 있는 결계다.

마술 장치가 이렇게나 커지면 이음새처럼 약한 부분, 적을 감지하지 못하는 구멍 같은 '빈틈'이 반드시 남아 있게 된다.

네프테로스는 결계를 흔들어서 그 '빈틈'이 두드러지게 만드는 것이었다.

이런 식으로 결계의 '빈틈'을 통해서 네프테로스는 성으로 내려갔다.

강력한 마력을 해방시켜서 〈마왕〉의 결계조차 당당하게 뚫는 그 모습은 장엄하게 보이기까지 했다.

하지만 단정한 얼굴에는 긴장으로 인한 땀이 맺혀 있었다.

——결계의 형태가 변하기 전에 서둘러 빠져나가야만 해!

갑자기 바람의 방향이 바뀌기만 해도 네프테로스는 결계에 갇힌다.

그러나 이렇게 결계의 빈틈을 빠져나가는 건 바늘구멍에 실을 꿰는 것처럼 정밀함을 요구하는 마술이다. 몸을 아주 살짝 움직이기만 해도 마찬가지로 결계에 갇힌다.

초조해하면 안 된다. 그러나 1초라도 빨리 빠져나가야만 한다.

자간이라는 〈마왕〉을 적으로 돌리는 것이 얼마나 무서운 일인지 절절이 느껴졌다.

이윽고 다른 마술사들도 그녀의 존재를 알아채고 소리를 쳤다.

"네, 네놈은 비프론스의!" "이번에는 무슨 일을 꾸미고 있는 거냐!" "진정해! 이 녀석의 마술은 강력하다. 섣불리 손을 댔다간 반대로 당하게 될 거야."

자기들 멋대로 떠들어대는 마술사들을 힐끗 쳐다본 네프테로스는 라파엘의 앞에 내려섰다.

——지금 여기서 제일 힘이 센 사람은 이 녀석이겠지.

자신보다 강할 것 같지는 않다.

그렇지만 자간이 옆에 두고 있는 인물이다. 방심은 금물이다.

네프테로스는 비웃음을 머금은 미소를 지은 뒤 위압감을 주듯 은발을 흔들었다.

그리고 결연한 태도로 이렇게 고했다.

"자간의 망토를 돌려주러 왔는데……."

그 자리에 있는 모두가 한숨을 쉬었다.

"뭐야, 사람 헷갈리게. 그런 거라면 그냥 문으로 들어오면 되잖아." "하긴 원래 이런 놈이었지." "응. 솔직하게 고맙다는 말을 할 수 있는 녀석이 아니었어." "이제 슬슬 네피와도 사이좋게 지내고 싶어진 것 아니겠어?" "하긴 네피라면 사이좋게 지내주겠지."

마술사들은 흥미를 잃은 것처럼 각자 하던 일로 돌아갔다.

네프테로스는 이번에도 자기들 마음대로 떠들어대는 마술사들을 힐끗 쳐다봤다. 언뜻 보면 아무렇지도 않은 것처럼 보였지만 그녀는 귀 끝까지 새빨개져서 부들부들 떨고 있었다.

라파엘은 시선만으로도 상대를 죽일 것 같은 눈으로 쳐다보더니 빙글 돌아섰다.

"따라오도록."

얼른 망토를 돌려주고 돌아가고 싶었지만 여기서 등을 보이는 것도 자존심이 허락하지 않았다. 네프테로스는 마지못해 라파엘의 뒤를 따라갔다.

그렇게 안내되어 간 곳은 응접실이었다.

라파엘은 의자를 빼내 네프테로스에게 앉기를 권하더니 능숙하게 홍차를 준비하기 시작했다.

얼마 지나지 않아 가슴이 후련해지는 향기를 풍기는 홍차가 그녀의 앞에 놓였다.

"자, 마시게."

"아, 고마워……."

의외로 정중한 응대에 네프테로스도 고개를 꾸벅 숙였다.

라파엘은 차에 곁들여 내는 쿠키를 놓으며 중얼거렸다.

"미리 말해두지만 나의 왕은 현재 자리를 비운 상태다."

"엇, 없어?"

"그래."

네프테로스는 당혹스러움을 감추지 못하고 되물었다.

"그럼, 저, 이건 도대체……?"

"나의 왕이 네가 오면 최소한의 대접은 하라고 말씀하셨다."

"그건 요격하라는 뜻 아닐까?"

"어리석긴. 나의 왕은 손님을 빈손으로 돌려보낼 만큼 사려가 부족한 분이 아니다."

네프테로스는 무슨 말인지 잘 이해가 되지 않아 반복해서 눈만 깜빡거렸다. 귀도 살짝 떨렸다.

"그렇지만 아까 내가 성 위에 있을 때 살기를 내뿜었잖아?"

"바로 위에 수상한 자가 있으면 경계하는 게 당연한 일 아닌가?"

"수상한 자라니, 일단 당신과는 안면이 있는 것 같은데……?"

네프테로스가 그렇게 지적하자 라파엘은 어이가 없다는 듯 머리를 흔들었다.

"나는 마술사가 아니다. 그 거리에서 상대의 얼굴을 어떻게 알겠나."

지극히 당연한 대답에 네프테로스는 반사적으로 머리를 숙이고 말았다.

"그건, 저, 미안. 미처 알아채지 못해서……."

"네가 마음에 거리낄 일은 아니다. 그보다 식기 전에 마시도록."

"잘 마실게……."

찻잔을 손에 들고서도 네프테로스의 얼굴은 여전히 당혹스러움으로 물들어 있었다.

――난 일단 이 녀석들의 적이잖아……? 비프론스 님이 이 녀석들에게 머리를 숙일 리도 없고…….

네프테로스의 주인은 타인에게 머리를 숙이면 죽는 병이라도 걸렸는지 다른 사람에게 사과라는 걸 할 줄 모르는 인간이다.

원래 〈마왕〉이라는 족속이 그런지도 모르지만, 만약 그렇다면 마찬가지로 〈마왕〉인 자간과 화해를 기대하기는 어려울 것 같다.

그렇다면 지금 이 응대는 뭘까. 적을 대접한다는 말은 맞서 싸운다는 의미의 은어가 아니었나?

곁들여 나온 쿠키를 한 입 베어 먹어봤다.

"이거, 맛있어……."

"……마음에 들었나?"

"으, 응. ……이거, 당신이 만든 거야?"

"그래."

자신도 모르게 한숨이 흘러나왔다. 독이라도 들어 있는 건 아닌가 했는데 정말 맛있는 그냥 쿠키였다.

쿠키와 홍차 모두 너무 맛있어서 네프테로스는 줄곧 당혹스러움을 감추지 못했다.

——이런 외모를 가지고 어떻게 이렇게 맛있는 걸 만들 수 있는 거지……?

라파엘의 얼굴은 마술사가 그 모습을 본 것만으로도 공포에 질려 무심코 공격할 정도다. 그런 그가 주방에서 과자를 만드는 모습이 도저히 상상이 가지 않았다.

네프테로스는 과자를 만드는 방법 따위 몰랐지만, 설사 알고 있다고 해도 이렇게 맛있게 만들 자신은 없었다.

그렇다면 반대로 맛없는 음식을 비프론스에게 줘서 골탕을 먹이는 건 어떨까 하는 생각도 해봤지만, 그 〈마왕〉은 네프테로스의 의도 정도는 금세 간파할 것이다. 해봤자 허무하기만 할뿐이다.

무릎 위에 올려둔 자간의 망토에 부스러기가 떨어지지 않도록 조심하며 쿠키를 베어 문 네프테로스가 물었다.

"자간은 어디에 갔지?"

"네피 아가씨의 고향에 가셨다. 용의 날개로 날아가면 만 하루가 걸리는 거리라 들었어. 빠르면 3일, 늦으면 언제 돌아오실지 모른다만."

"그렇구나……."

네프테로스는 무릎을 덮은 자간의 망토를 바라봤다.

——어떻게 하지? 여기까지 왔는데 망토만 두고 가는 것도 한심한데…….

그렇다고 뒤를 쫓아가기에는 거리가 너무 멀다. 최악의 경우 서로 엇갈릴 수도 있다. 그러면 꼴만 더 우스워진다.

고민하는 사이에 찻잔이 비었다.

새로 홍차를 따라주려는 라파엘을 고개를 옆으로 흔들어 제지한 네프테로스는 자리에서 일어났다.

"오늘은 그만 돌아갈게."

——일단 지난번 일에 대한 감사의 말 정도는 직접 전해야 할 것 같으니까.

일전에 일어난 소동에서 네프테로스는 자간 덕분에 목숨을 구했지만 거기에 대해 감사의 말은 전하지 못했다. 게다가 그가 준 '선물' 덕분에 비프론스에게도 한 방 먹일 수 있었다.

망토도 그렇지만 그 일에 대해 감사의 말은 꼭 전해야겠다고 생각했다.

——안 그러면 나도 언젠가 비프론스 님처럼 되겠지.

바로 그런 것이 마술사라는 존재인지도 모르지만 지금은 그 모습을 거부하고 싶은 마음이 더 강했다.

네프테로스가 돌아가려고 하자 라파엘이 불러 세웠다.

"기다려. 전해줄 게 있다. 잠깐 거기서 기다리고 있어."

"……? 알았어."

그대로 시계 초침이 한 바퀴 정도 돌 동안 멍하게 기다리고 있자 라파엘이 돌아왔다.

“이걸 가지고 가도록 해라.”

“이게 뭐야?”

라파엘이 건넨 건 작은 꾸러미였다. 네프테로스의 손바닥에 쏙 들어오는 크기로 귀여운 리본이 묶여 있다.

“남은 거다. 신경 쓰지 말고 가지고 가.”

“남은 거라니……. 혹시 방금 먹은 쿠키?”

라파엘은 과장되게 고개를 끄덕였다.

아무래도 네프테로스가 맛있다고 한 말을 들은 모양이다. 그래서 선물로 준비해준 것이다.

지금껏 한 번도 경험해보지 못한 호의에 네프테로스는 마지막까지 놀림을 당하는 기분이었다.

——괜찮다면 같이 가지 않겠어요?——

그렇게 말하며 자신에게 손을 내밀어준 소녀가 떠오른다.

네프테로스는 그 기억을 떨쳐내듯 머리를 흔들었다.

——그 손을 잡지 않은 건 나야.

자신은 비프론스 밑에 있기를 선택했다.

그래서 네프테로스는 쌀쌀맞게 말했다.

“또 올게.”

솔직하게 고맙다는 말을 하지 못하는 네프테로스가 최선을 다해 건넨 감사의 말이었다.

현관홀을 지나 부지 밖을 향해 걸었다.

가는 도중에 몇몇 마술사들과 마주쳤지만 아까처럼 적의를 보이는 사람은 한 명도 없었다. 아무래도 네프테로스를 '손님'으로 인식한 모양이다.

힐끔 뒤를 돌아보니 라파엘도 위엄 있는 얼굴로 손을 흔들고 있었다. 하마터면 네프테로스도 손을 흔들 뻔했다.

——내가 도대체 뭘 하고 있는 거지…….

자신의 언동에 대해 제대로 설명할 수는 없었지만 신기하게도 기분이 나쁘지는 않았다.

자간의 성의 분위기에 완전히 휩쓸린 채 돌아가려고 하는데, 숲이 있는 쪽에서 또 다른 마술사가 걸어오는 게 보였다.

"제길, 제길! 자간 자식, 또 나만 쏙 빼놓고 갔겠다! 왜 나만 늘 그 망할 여자나 지키고 있어야 하냐고, 웃기지 마!"

——저 건달 같은 놈은 누구지…….

스무살 정도 될까. 덥수룩한 머리에 눈 밑에는 커다란 다크 서클. 늘씬하고 큰 키에 뺨은 홀쭉한 것이 아무리 봐도 건강해 보이지는 않는 인상이다. 목에 얼마나 많은 장식품을 달고 있는지 걸을 때마다 절그럭거리는 소리가 났다.

마술사인 것 같았지만 네프테로스는 모르는 남자다.

남자의 이름은 발바로스.

사실 네프테로스도 한 번 얼굴을 본 적이 있지만 그때는 정신이 하나도 없을 때라 잘 기억나지 않았다.

쓸데없이 엮이고 싶지 않아 가장자리로 피해서 걸어가자 남자가 이쪽을 가만히 쳐다봤다.

"앙? 아앗, 넌, 그때 그 엘프 여자잖아!"

"……누구지?"

네프테로스는 미간을 찌푸렸지만 남자는 전혀 개의치 않고 계속 말을 걸어왔다.

"뭐야, 자간 녀석을 죽이러 온 건가? 안됐군. 녀석은 또 신부와 어디에 가고 없거든. 흥! 너도 헛걸음한 거야."

"아니, 별로……."

쿠키와 홍차도 맛있었고 선물까지 받았다. 솔직히 말해 다시 이곳에 올 이유가 생긴 게 고맙기까지 했다.

네프테로스가 다시 걸음을 떼기 시작하는데도 남자는 계속 종알종알 떠들어대며 그녀의 뒤를 따라왔다.

——이 자식은 뭐지?

짜증이 나기 시작한 네프테로스는 이렇게 말했다.

"자간이라면 네페리아의 고향에 갔다고 들었어. 불만이 있으면 쫓아가지 그래?"

이 거추장스러운 남자를 자간에게 억지로 떠맡기는 건 조금 미안했지만 더 이상 상대하고 싶지 않았다.

그러자 남자의 눈이 휘둥그레졌다.

"뭐? 네피의 고향이라면 엘프들이 숨어 사는 마을? 옳거니, 그곳에서 또 새로운 힘을 손에 넣으려는 심산인가. 그래서 나를 놔두고 간 게로군."

발을 동동 구르는 남자와 재빨리 거리를 두는 네프테로스.

——이젠 돌아갈 수 있겠지…….

휴우 하고 가슴을 쓸어내렸지만 남자는 전혀 예상하지 못한 말을 꺼냈다.

"자간 녀석을 쫓아가주지. 너도 그럴 생각이지? 그럼 같이 데리고 가주마."

"아니, 난 별로……."

"그러면 그 망할 여자도 데리고 가야 되는데. 이거, 시간이 없군."

그제야 네프테로스는 자각했다.

——그러고 보니 난 이렇게 남의 이야기를 안 듣는 사람을 대하는 방법을 전혀 모르는구나.

주인인 비프론스가 바로 그런 사람이었고, 지금도 이 남자에게 휘둘리고 있으니 당연하다면 당연한 이야기다.

게다가 가만히 생각해보니 지금까지 비프론스 이외의 사람과 대화를 나눈 일 자체가 없었다.

그래서일까, 누가 강제로 끌어당기면 어떻게 하면 좋을지 몰라서 그대로 끌려가곤 한다.

이렇게 해서 원래 아무 상관도 없었던 소녀까지 사건에 휘말리게 되었다.

"자, 잠깐 좀 기다리시게. 떠, 떨어지겠어!"

쉰 목소리로 비명을 지른 사람은 고메리였다. 오늘은 아침부터 노파의 모습이다.

비명을 지르는 것도 어쩔 수 없는 일이다.

자간 일행은 지금 하늘을 나는 용의 등에 타고 있으니까.

눈 아래로 펼쳐진 풍경은 구름이 흘러가듯 변했다. 숲이 펼쳐져 있는가 싶으면 다음 순간에는 사막이 나타나고, 그 다음에는 웅대한 운하가 보였다.

자간의 옆에서 네피가 조심스럽게 물었다.

"괜찮으세요, 고메리 님?"

"키히히, 엘프는 참 심성 고운 종족이군. 음, 치유되는 기분이야. 난 괜찮다……. 아, 미안, 역시 힘들 것 같구나."

자간은 어쩔 수 없다는 듯 한숨을 쉬더니 정신이 아득해진 것처럼 몸을 뒤로 젖힌 노파의 목덜미를 잡아 끌어당겼다.

아름다운 녹색 털을 가진 용은 머리 방향을 바꿔 호박색 눈으로 쳐다봤다.

「좀 더 속도를 떨어뜨릴까?」

포레의 목소리였다.

새처럼 깃털을 가진 녹색 용, 그게 바로 포레의 원래 모습이다. 용치고는 아직 체구가 작지만 그래도 웬만한 마차보다는 훨씬 컸고 날개를 펼친 모습은 작은 오두막 정도는 되었다.

하늘을 달리는 사자가 바로 앞으로 다가왔다. 키메리에스다.

"아니, 괜찮습니다. 고메리 씨는 높은 곳을 싫어하는 것뿐이라 속도가 달라지더라도 똑같은 말을 할 겁니다."

「그래?」

포레는 노파에게 관심을 잃은 듯 고개를 앞으로 돌리더니 다시 속도를 높였다.

"히이이이이이익!"

노파가 귓가에 대고 비명을 지르자 자간이 찌푸린 얼굴로 쳐다봤다.

"그렇게 시끄럽게 굴 거면 얌전히 키메리에스의 등에 타고 가면 되잖아."

포레의 등에는 자간을 중심으로 왼쪽에 네피, 그리고 오른쪽에는 고메리, 이렇게 세 명이 매달려 있었다. 고메리가 자력으로 등에 매달리기를 포기했기 때문에 자간이 그 목덜미를 잡고 있었다.

여기에 포레와 키메리에스, 두 사람을 더한 다섯 명이 이번 멤버였다.

모처럼 신부, 그리고 딸과 함께하는 가족여행이었는데 고메리가 투덜거리며 따라온 것이다. 키메리에스는 덩달아 따라왔다.

한숨을 쉬고 있자 키메리에스가 옆으로 다가왔다.

"그건 무리입니다, 자간 씨. 저도 〈흑인〉이라 불릴 만큼 속도에는 자신이 있지만 그건 어디까지나 저 혼자일 경우죠. 용인 포레와는 종족으로서의 잠재력이 너무 다릅니다."

포레의 비행 속도는 바람처럼이라는 표현이 딱 들어맞을 정도였다. 말을 달리면 사흘은 족히 걸리는 거리를 하룻밤 만에 날아갈 수 있다.

사람을 태우고도 그 정도 속도로 날아갈 수 있는 종족은 용밖에 없다고 한다.

자간은 의아한 표정을 지었다.

"그건 모르지 않지만, 그렇다면 노파가 아니라 좀 더 젊은 모습으로 있으면 되지 않나?"

노파의 완력이라서 자꾸 떨어질 뻔하는 것이다.

마술사가 신체 능력을 조작할 수 있는 것은 사실이지만 육체적인 노쇠의 영향을 받지 않을 수는 없다. 젊은 사람이 더 힘이 있는 것은 당연했다.

그러나 고메리는 눈물을 글썽이며 쏘아봤다.

"이 모습이 제일 가볍단 말이다! 게다가 소녀보다는 노파가 힘이 더 세고! 무거우면 나는 게 힘들지 않느냐!"

「……좀 더 천천히 날게.」

분명 소녀보다 노파가 더 힘이 세다는 건 맞는 말이다. 고메리 나름대로 포레의 부담을 덜어주려고 한 것이다.

그 마음이 전해진 걸까, 포레의 비행 속도가 조금 느려졌다.

자간은 어이없다는 듯 말했다.

"그렇게까지 해서 따라온 이유가 뭐지……?"

"내가 왜 네 밑에 있다고 생각하는 거지? 네 밑에 있으면 용과 엘프를 마음대로 실컷 관찰할 수 있기 때문이다. 그런 두 사람이 간다고 하는데 기다리고 있을 이유가히이익!"

고메리는 불로불사라는 간단하면서도 난해한 테마에 대해 연구하는 마술사다. 그러니 엘프와 용처럼 불로장수하는 종족을 관찰하는 것은 당연한 귀결이다.

――뭐, 오래 살아야만 하는 건 나도 마찬가지지만.

인간이라는 종의 수명은 너무 짧다.

자간이 네피, 포레와 함께 늙어가기 위해서는 그에 상응하는 수명이 필요하다. 그때 고메리의 연구는 큰 도움이 될 것이다.

그래서 자간도 고메리를 매정하게 대할 생각은 없었다.

다만…….

"사랑한다는 면에 있어서는 너도 제법 괜찮은 기량을 가지고 있다고 인정하지만, 내가 보기엔 아직 멀었다. 엘프와 용은 강한 힘과는 반대로 섬세한 생물이기 때문에――."

――사랑하는 기량이라는 게 대체 뭐지……?

어이없이 쳐다보고 있자 그런 자간의 시선을 알아차린 고메리가 째려봤다.

"뭐냐. 할 말이 있는 것 같은데, 나의 〈마왕〉."

"글쎄."

어깨를 으쓱이며 대꾸하자 고메리는 의외로 진지한 표정을 지었다.

"나의 〈마왕〉, 이건 나의 스승께서 하신 말씀이다. 불로불사를 원한다면 '사랑의 힘'이 반드시 필요하다고."

"사, 사랑의……, 뭐라고?"

한 번도 들어본 적 없는 단어에 자간도 자신의 귀를 의심했다.

"사랑의 힘. 우리 마술사는 본래 불로장수다. 거기서 더 나아가 불사를 원하면 마술 탐구에 모든 것을 바치더라도 언젠가는 무료함에 시달리는 날이 오지. 그때가 되면 그렇게 원하던 이상향은 지옥이 될 거다."

묘하게 실감이 어린 말에 자간도 마냥 농담으로 치부할 수는 없었다.

고메리의 이야기는 계속 이어졌다.

"그때 공허한 자신을 위로하는 방법은 자신 이외의 무언가를 사랑하는 것이다. 지금 있는 〈마왕〉들을 봐. '사랑의 힘'을 가지고 있지 않기 때문에 비프론스처럼 어리석은 짓을 저지르는 것 말고는 자신을 치유할 방법을 모르는 게지. 녀석의 엘프가 얼마나 가여운지 모르겠다."

노인의 불평이 시작되었지만 자간은 그 말을 부정하지 않았다.

"……사람은 혼자 있는다고 죽지는 않지만, 살아가지는 못한다고 해."

예전에 자기 멋대로 내린 생각에 따라 네피를 멀리 했을 때 들었던 말이다.

그렇게 대답하자 네피도 수줍은 듯 귀를 떨었다.

"기억하고 계시군요, 자간 님."

"당연하지. 내가 너와 나눈 대화를 잊을 것 같으냐?"

네피는 자간이 상처를 입히더라도 그의 곁에 있고 싶다고 말해줬다.

그 말을 듣고 얼마나 구원을 받았던가. 그래서 자간도 이해할 수 있었다.

사람은 혼자서는 살아가지 못한다.

"……쑥스러워요."

네피는 얼굴을 가리려고 했지만 이곳은 용의 등이다. 손을 뗄 수도 없는 노릇이라 대신 자간의 망토에 얼굴을 묻었다.

"음, 나이스, 사랑의 힘!"

――……역시 셋이서 왔으면 좋았을 것을.

노파가 성가셨지만 그렇다고 하늘에서 내팽개칠 수도 없는 노릇이다.

곧이어 해가 저물자 눈으로 뒤덮인 산맥이 보이기 시작했다.

"보이기 시작했군. 저 산을 넘으면 북쪽 성지다."

네피에게는 고통스러운 기억이 가득한 곳.

그래도 네피가 자란 곳이 다가오고 있었다.

◇

설산을 넘자 어두운 빛을 띤 숲이 펼쳐져 있었다.

자간의 성 주변처럼 음산한 느낌을 풍기는 게 아니라 잎이 어두운 색인 침엽수가 잔뜩 밀집해 있기 때문이었다. 표고가 높아서 그런지 산은 눈을 뒤집어쓰고 있었지만 이곳에는 아직 잎이 남아 있었다.

엘프들의 은신처는 이 숲 속에 숨어 있다고 한다.

공중으로 접근하지는 못하기 때문에 여기서부터는 자간 일행도 도보로 이동해야 했다. 포레도 소녀의 모습으로 돌아와……, 자간의 등에 업혔다.

"……피곤해."

"그래, 애썼다. 이제 그만 자고 있어."

"……응."

포레는 몇 초도 지나지 않아 새근새근 잠들었다.

——무리도 아니지.

네피의 고향에 가기로 결정한 것이 어제 낮. 그 후에 여행 준비를 마치고 오늘 아침 일찍 출발해서 지금은 저녁이다.

중간에 몇 번 휴식을 취했지만 거의 하루 종일 난 셈이다.

양녀를 등에 업은 자간을 향해 네피가 가만히 다가왔다.

"포레도 오늘은 정말 많이 애써줬어요."

"음. 네 고향을 찾기 전에 잠자리부터 마련해주는 게 좋을 것 같다."

"죄송합니다. 제가 위치를 제대로 파악하고 있었다면 이런 수고를 할 필요는 없었을 텐데."

면목이 없다는 듯 네피의 귀가 축 늘어졌다.

저주 받은 아이라고 손가락질 당하며 마을 밖으로 나가는 것도 허락되지 않았던 네피는 자신이 사는 마을 주위가 어떻게 되어 있는지도 몰랐다.

그런 탓에 여기서부터는 차근차근 주위를 조사해야 했다.

자간은 별일 아니라는 듯 고개를 옆으로 흔들었다.

"마을 밖으로 나가지도 못했잖아? 그러니까 그냥 관광이라고 생각해. 산책이어도 괜찮고. 나 역시 제법 흥미가 있다."

——오히려 여기저기 돌아다니며 보고 싶은 심정이란 말이지.

이번에는 아무 오해 없이 그럭저럭 잘 말한 것 같다.

네피는 깜짝 놀란 것처럼 눈을 동그랗게 떴지만 그래도 기쁜지 귀 끝을 움찔움찔 떨며 옆을 걸었다.

그때 갑자기 커다란 그림자가 드리웠다.

인간의 모습으로 돌아온 키메리에스였다.

"자간 씨, 저는 네피 씨의 마을이 어디인지 알 것 같습니다."

"뭐, 진짜인가?"

"네. 아무래도 마술적 결계는 없거나 이미 기능을 잃은 것 같습니다. 그렇다면 네피 씨의 냄새를 따라갈 수 있으니까요."

자간은 생각에 잠겼다.

하늘은 이미 붉게 물들어 있으니 조금만 더 있으면 밤이 될 것이다. 장시간 이동으로 포레뿐만 아니라 네피와 고메리도 지친 것처럼——고메리는 노파의 모습 그대로 키메리에스의 등에 업혀 있었다——보였다.

"……그렇군. 그러면 부탁 좀 하지, 키메리에스."

주변 산책도 해보고 싶지만 바로 엘프의 마을로 갈 수 있다면 그게 더 좋다. 비록 폐허라도 노숙을 하지 않고 비바람을 피할 수 있는 건물이 있는 것과 없는 것은 전혀 다르다.

자간이 그렇게 대답하자 키메리에스의 사자 얼굴에 미소가 떠올랐다.

“맡겨만 주십시오.”

살짝 고개를 끄덕인 다음 앞서 걸어가는 그 뒷모습에서는 성에 남겨두고 온 라파엘을 떠올리게 하는 듬직함이 있었다.

걷고 있자 네피가 자간의 옷자락을 꼭 잡았다.

슬쩍 시선을 돌리니 뾰족한 귀 끝이 불안한 듯 처져 있었다.

“역시 불안한가?”

네피는 몸을 움찔 떨었다.

“……네. 사실은 좀 두려워요. 마을의 **지금** 모습을 보는 것이.”

네피는 나름대로 과거와는 매듭을 지은 것 같지만, 그래도 자신을 죽게 내버려둔 이들의 마을이다.

자간이라면 폐허가 된 모습을 보고 있는 힘껏 비웃어주겠지만 네피는 절대 그러지 못하리라. ……아니, 그러지 않기를 바랐다.

자간은 잠깐 생각하다가 한 손으로 포레를 다시 고쳐 업었다.

그리고 자유로워진 나머지 한쪽 손으로는 네피의 손을 잡아주었다.

“…….”

네피의 표정은 변하지 않았지만 뾰족한 귀 끝이 쫑긋 섰다.

――이제 안심할 수 있는 말만 해주면 되는데…….

이게 제일 힘들다.

아직껏 '사랑한다'는 말 한 마디 못한 자간이 뭘 어떻게 센스 있는 말을 할 수 있다는 말인가.

그렇지만 아무 말도 하지 않는 건 자간 자신이——고메리 식으로 말하면 '사랑의 힘'이라는 것일까——용서할 수 없었다.

"마음껏 의지하도록 해라. 그 또한 내 즐거움 중 하나니까."

말하고 나서 머리를 싸맸다.

——즐거움은 또 뭐냐. 마치 네피가 곤혹스러워하는 걸 보고 기뻐하는 것 같잖아.

하지만 네피는 모든 걸 이해해주는 것처럼 고개를 끄덕였다.

"네!"

일부러 밝은 척하고 있는 건지도 모른다.

그래도 조금은 기운이 났는지 네피는 밝은 목소리로 대답했다.

얼마 안 있어 키메리에스가 긴장감어린 목소리로 말했다.

"……자간 씨, 이제 곧 목적지에 도착합니다."

앞을 보니 울창한 숲이 사라지고 해질녘의 붉은 빛이 비치고 있었다.

하늘에서 봤을 때는 나무들 사이에 빈틈이 보이지 않았지만 가까이에서 보니 탁 트인 공간이라는 걸 알 수 있었다. 하지만 역광 때문에 맞은편에 뭐가 펼쳐져 있는지는 통 알 수 없었다.

하지만 키메리에스의 목소리에서 느껴지는 것은 안도나 기쁨이 아니라 날카로운 경계의 빛이었다.

고메리도 키메리에스의 등에서 내려와 커다란 낫을 들었다.

"뭔가가 **있나**?"

"아마도."

내피의 손에 힘이 꾹 들어가는 게 느껴졌다.

일찍이 〈최장로〉라는 별명을 가진 전(前) 〈마왕〉 마르코시어스가 노렸고, 마찬가지로 〈마왕〉인 비프론스가 하이 엘프를 가로채려고 습격해서 폐허로 만든, 두 명의 〈마왕〉과 관계가 있는 마을.

자간 일행은 아직 그 표면적인 사실밖에 모른다.

그 뒤에서 얼마나 소름끼치는 모략이 펼쳐지고 있었는지, 그리고 그것이 끝난 건지 아니면…….

여기서 아무 일도 일어나지 않을 리 없다.

"가자."

부하들의 사기를 진작시키듯 그렇게 선언한 자간은 빛 속으로 걸음을 내딛었다.

그리고 그곳에서 기다리고 있었던 것은——

"오, 자간이군. 왜 이렇게 늦었냐? 기다리다 지쳐서 벌써 한 병 비웠다고."

무슨 이유에서인지 당당하게 술을 들이켜고 있는 악우와 두 소녀의 모습이었다.

◇

"……너, 여기서 뭘 하고 있는 거지?"

너무 어이가 없어서 그런 말밖에 나오지 않았다.

네피의 마을……이었을 곳에서는 세 남녀가 모닥불을 가운데에 두고 빙 둘러앉아 있었다. 역광 때문에 처음에는 잘 몰랐지만 모닥불에는 냄비가 걸려 있고 스프가 끓고 있었다.

하지만 기분이 좋아 보이는 건 발바로스 혼자뿐, 나머지 두 사람은 눈물을 글썽이거나 인생의 모든 게 싫어진 듯한 절망적인 표정을 짓고 있는 등 참담한 분위기였다.

마을을 빙 둘러봤다.

큐아노에이데스 같은 도시와 달리 천연 바위를 그대로 쌓아 올려 짚으로 된 지붕을 얹은 민가가 10여 채 정도 있었다. 마을 중앙에는 무언가 의식을 치르는지 커다란 광장과 오래된 우물 한 개가 있을 뿐이다.

비프론스의 부하에게 습격을 받았다고 했는데 건물은 의외로 멀쩡한 상태로 남아 있었다. 불에 탄 곳이 몇 채 있긴 했지만 피해는 그 정도였다.

더 신성한 분위기를 가진 곳일 줄 알았는데 생각보다 평범한 마을이다.

——네피가 살았던 곳은 어디일까?

어쩌면 자간에게는 보여주고 싶지 않은 기억일지도 모른다.

그래도 신경이 쓰이는 마음을 억누르지 못해 주위를 두리번거렸다.

발바로스는 신나게 병나발을 불더니 기분 좋게 웃었다.

"네가 또 나를 두고 갔잖아. 가끔은 내가 먼저 가서 기다리고 있어볼까 했지. 히히히."

"……그러니까 왜 우리보다 먼저 이곳에 와 있는 거냐고."

"내 별명을 잊었나? 〈연옥〉은 어떤 곳이든 통로를 만들 수 있어. 그곳을 휘적휘적 빠져나가면 바보 같이 여기저기 헤매고 다닐 필요도 없지. 낄낄낄."

——이 주정뱅이 자식, 확 때려버릴까.

어쩌면 다른 〈마왕〉과의 충돌이 있을지도 모른다고 각오하고 왔건만 이 천하태평한 놈은 뭐야!

주먹을 꽉 쥐고 떨고 있자 네피가 서둘러 말렸다.

"——진정하세요, 자간 님. **더 때리면** 발바로스 님이 죽을지도 몰라요!"

"……아, 미안, 무의식적으로 때리고 있었군."

머리보다 몸이 먼저 움직인다는 건 이런 걸 두고 하는 말인가 보다.

정신이 들었을 때는 발바로스의 멱살을 잡고 주먹을 휘두르고 있었다. 상처를 보니 열 대는 넘게 때린 것 같다. 완전히 눈을 뒤집은 채 고개를 늘어뜨리고 있었다.

자간이 멍청한 친구 녀석을 휙 내던지자 다른 소녀가 달려왔다.

"네피, 무사해? 네가 고향에 갔다가 큰일이 났다고……, 어라? 지금 막 도착한……거야?"

기사 차림인 소녀였다.

윤이 나는 동처럼 아름다운 붉은 머리를 옆으로 묶었고, 심홍색 눈동자에는 눈물이 글썽이고 있었다. 쭉 뻗은 콧등을 비롯한 단정한 용모가 만나자마자 울먹이는 바람에 다 엉망이 되었다.

성검을 가진 성기사장의 홍일점이자 덜렁이 기사이기도 한 샤스틸이었다.

오늘은 성기사의 정장이기도 한 세례 갑옷을 입었다.

——나쁜 녀석은 아닌데 말이야…….

아무래도 어설픈 부분이 눈에 띄는 소녀다.

"괘, 괜찮아요, 샤스틸 씨."

샤스틸은 네피가 무사한 것을 확인하고 가슴을 쓸어내리더니 갑자기 겸연쩍은 표정을 지었다.

"혹시 내가 또 착각을 한 거야?"

"그렇지 않아요. 여기서 샤스틸 씨를 만나니 저도 조금 마음이 놓여요."

——음. 자기보다 더 동요하고 있는 사람을 보면 왠지 안심이 되는 법이지.

네피까지 샤스틸을 그런 눈으로 보고 있지는 않겠지만, 이 소녀에게서 풍기는 가학욕에는 저항하기 힘든 면이 있었다.

"음냐……?"

소란스러운 소리에 포레가 자간의 등 뒤에서 눈을 떴다.

작게 하품을 하고 손을 잡고 있는 네피와 샤스틸을 보더니 멍하게 중얼거렸다.

"……꼬랑댕이 머리가 보여……. 나, 죽은 거야?"

"왜 내가 있으면 죽은 게 되는 거야? 확실히 말해두지만 난 아직 팔팔하게 살아 있어!"

"……뭐야, 꿈인가."

아무래도 상관없다는 듯 고개를 끄덕이더니 다시 잠드는 포레.

굴욕감에 눈물을 글썽이며 부들부들 떠는 샤스틸의 모습에 자간은 고개를 갸웃거렸다.

"일단 질문하지. 넌 왜 여기 온 거냐?"

자간의 물음에 샤스틸도 떠듬거리며 입을 열었다.

"그건, 저……, 저 남자가 네피가 궁지에 몰렸다면서 난리를 피우는 바람에……. 게다가 **저 아이**도 함께 갔다길래 예삿일이 아닐 것 같아서……."

혼자 어색하게 무릎을 끌어안고 모닥불을 쬐고 있는 '저 아이'에게로 시선을 옮긴다.

"뭐, 샤스틸은 늘 그렇다 쳐도――."

"늘 그렇다고? 아, 그러고 보니 이름으로 불러준 건 꽤 오랜만이네――――."

샤스틸은 혼자 눈물을 글썽였다가 얼굴을 붉혔다 하고 있었지만 그건 못 본 척하기로 하고 자간은 물었다.

"네가 여기 온 이유를 통 모르겠군. 비프론스의 부하인 네가 왜 여기 있는 거지――네프테로스?"

하지만 네프테로스는 고개를 들려고 하지 않았다.

그 대신 자기혐오에 빠진 것 같은 목소리로 대꾸했다.

"……그냥 놔두세요. 이번에는 당신들에게 무슨 짓을 할 생각이 없으니까요."

전에 만났을 때 본 고압적인 태도는 어디로 갔는지, 지금은 비에 젖은 생쥐처럼 몸을 잔뜩 웅크린 채 무릎을 끌어안고 있었다. 모닥불을 바라보는 눈동자도 어딘가 허무한 게, 겁에 질린 것 같지는 않지만 어쨌든 차분해 보이지는 않았다.

자간과 네피가 서로 얼굴을 마주 보자 샤스틸이 작은 목소리로 속삭였다.

(내가 만났을 때부터 줄곧 저 상태였어. 힘든 일이 있었던 것 같은데……. 적어도 적의는 없는 것 같으니까 기운이 좀 나게 해줄 수 없을까?)

(그렇게 말해도…….)

샤스틸의 멍청한 짓을 보고도 기운이 나지 않는다는 건 보통 일이 아니다.

말재주라고는 없는 자간과 네피가 과연 격려의 말을 해줄 수 있을까.

"저, 네프테로스 씨……."

네피가 먼저 말을 걸려고 했지만 고메리가 그것을 막았다.

"잠깐 기다려봐. 여기서 내가 사랑의 힘의 진수를 보여주지."

그러더니 고메리는 네프테로스의 옆에 걸터앉았다.

"키히히, 뭐 안 좋은 일이라도 있었나? 아니, 억지로 말할 필요는 없다. 그보다 과자 좀 먹지 않으련? 달달한 것을 먹으면 기분이 좋아지는 법이지."

노파는 어디선가 과자 꾸러미를 꺼냈다. 안에는 동그란 초콜릿

이 잔뜩 들어 있었다.

……보아하니 어제 성에서 만들고 남은 과자로 만든 모양이군.

한눈에도 기이한 그 광경을 보자 자간은 문득 떠오르는 것이 있었다.

"그러고 보니 이런 노파가 독사과 같은 걸 여자에게 먹이는 이야기가 있지 않았나?"

"『백설 공주와 일곱 난장이』 맞죠? 옛날에 누가 두고 간 그림책에서 본 적이 있어요. 그 후에 도둑으로 몰려서 호되게 야단맞았지만요."

"옳거니, 모처럼 네피의 고향에 왔으니 그 멍청한 놈을 언데드로 되살려서 그대로 갚아주는 것도 흥미로울 것 같군."

자간이 고개를 끄덕이며 그렇게 말하자 네피는 늘 있는 일이라는 듯 귀를 떨었다.

"그림책 하나 때문에 무덤에서 다시 끌려 나오는 건 너무 가여워요. 그보다 자간 님이 그런 이야기를 알고 계신다는 점이 더 놀라운걸요."

"음. 독이 들었든 어쨌든 배를 채우고 잠만 잤는데 부자가 되다니 어린 내가 보기에는 무척 부러웠거든."

"맞아요. 독이 들었다고 해도 먹을 걸 준다고 하면 얼른 먹을 거예요."

"거 참, 시끄럽군! 너희들, 마구 귀여워해버린다! 너무 가여워서 가슴이 아프구나!"

두 사람이 진지하게 이야기를 나누며 고개를 끄덕이고 있자 고메리가 동정인지 분노인지 알 수 없는 노성을 질렀다.

하지만 지금 상대는 네프테로스다.

노파가 내민 초콜릿을 보더니 긴 귀 끝이 쫑긋 섰다.

시선은 여전히 모닥불을 공허하게 바라보고 있지만 흥미를 가진 것은 일목요연했다.

——엘프의 귀는 모두 이런 식으로 반응하는 걸까?

알기 쉬워서 고맙기는 하지만…….

고메리는 마음씨 좋은 할머니 같은 미소를 지으며 꾸러미를 내밀었다.

방금 전 자간과 네피가 나눈 대화는 들었으리라. 네프테로스는 잠깐 망설이는 듯하더니 초콜릿 한 알을 집어 들었다. 자포자기한 심정이었을지도 모른다.

——왠지 수상쩍은 노파에게 속아넘어가는 소녀를 보고 있는 것 같은 기분이군…….

수상한 마술사인 것은 사실이기 때문에 부정할 요소는 하나도 없다.

그리고 멋대로 떠들어대는 자간과 네피의 목소리가 들리지 않을 리도 없다. 네프테로스는 노파에게는 눈길 한 번 주지 않고 중얼거렸다.

"……그냥 두라고 했잖아."

"키히히, 이렇게 어두운 얼굴을 한 소녀가 있는데 그럴 수는 없지. 자, 이것 보렴. 저 녀석들이 말한 독 같은 건 들어 있지 않아."

고메리는 보란 듯이 자신의 입으로 초콜릿을 던져 넣었다.

요지부동인 노파의 모습에 네프테로스도 그 고집에 졌다는 듯 고개를 들었다.

"……먹고 나면 저쪽으로 가줘."

초콜릿 한 알을 들어 어쩔 수 없다는 듯 입에 넣었다.

그러더니 금색 눈을 깜빡거렸다.

"……달콤해."

"그렇지, 할미 말이 맞지? 한 알 더 먹으련?"

"……응."

네프테로스는 기운이 없는 얼굴로 볼이 미어져라 초콜릿을 먹었다.

——……이 녀석, 정말 괜찮은 거 맞아?

자간까지도 보호 본능을 느낄 만큼 의기소침한 얼굴에 네피와 샤스틸도 조마조마한 표정을 지었다.

그대로 초톨릿 몇 알을 더 주자 네프테로스도 그제야 정신을 차렸다.

"이, 이게 아니지! 그냥 놔두라고 했잖아!"

"응, 응, 이제 기운을 차린 것 같군."

고메리는 만족스럽게 고개를 끄덕이더니 네프테로스의 손에 초콜릿 꾸러미를 쥐여 주었다.

"……아니, 이건."

다크 엘프 소녀는 화가 난 것처럼 중얼거렸지만 꾸러미를 버리지는 않았다.

——저 정도면 이제 기운을 차린 셈인가?

네프테로스는 투덜거리면서 다시 모닥불 앞에 앉았다.

그냥 뇌두기를 바라는 건 변함없는 듯 자간 일행과 눈도 마주치려 하지 않았지만 방금 전처럼 공허한 눈을 한 채 웅크리고 앉아 있지는 않았다.

그 모습을 확인한 고메리는 자간의 옆으로 돌아왔다.

"자, 어떤가?"

"어떠냐고 물어봐도……."

뭐, 기운을 북돋워주는 데는 성공했으니 문제는 없겠지만 사랑의 힘 운운은 하나도 알 수 없었다.

등에 업힌 포레가 살짝 몸을 꿈지럭거리며 말했다.

"먹이 주기. 예전에 자간도 했었어. 자간이 준 네피의 수프는 정말 맛있었거든."

——지금 자기 입으로 그런 말을 하는 거야?

포레가 처음으로 성을 찾아왔을 때, 자간은 습격자인 그녀에게 스프를 주고 그대로 성에 두기로 했다.

먹이 주기라고 해도 부정할 수는 없다. 귀여운 딸이 한 말이기는 해도 정말 괜찮은 건지 자간도 조금 불안해졌다.

네프테로스 쪽으로 시선을 돌리자 침묵을 고수하고 있던 그녀의 귀가 신경질적으로 떨리고 있었다.

——먹이 주기라는 말에 화가 났지만 화를 내면 먹이 주기라는 사실을 인정하게 되는 것 같아 화를 내고 싶어도 못 내는 건가.

이렇게 보니 의외로 귀여운 면도 있는 것 같다.

고메리는 만족스럽게 웃었다.

“키히히, 역시 내가 선택한 〈마왕〉이야. 이 정도 기술은 당연히 갖추고 있어야지.”

“먹이 주기와 사랑해주는 것이 무슨 관계가 있지?”

네프테로스가 또 귀를 움찔움찔 떨었지만 지금은 그냥 두자. 나중에 네피에게 스프라도 좀 만들어달라고 해서 주면 될 것이다.

고메리는 거드름을 피우듯 고개를 가로저었다.

“사랑의 힘의 정수를 보여주겠다고 했을 텐데?”

그리고 네프테로스를 가리켰다.

“인간은 배가 부르면 만족스러움을 느끼고 마음도 진정되지. 내가 한 일이 바로 그건데, 사랑의 힘이 아니더라도 누구든 할 수 있는 일이다.”

“그렇지.”

실제로 자간도 포레에게 똑같은 일을 했었다.

고개를 끄덕여 보이자 고메리는 자간을 척 가리켰다.

“그러면 한 가지 묻지. 그렇게 뚱하게 있던 소녀가 내가 내민 과자를 흠칫거리며 집어 드는 모습을 보고 무엇을 느꼈나?”

고메리는 자간의 옆에 천천히 다가오더니 악마처럼 속삭였다.

“경계심이 강한 작은 동물이 드디어 자신에게 마음을 열어준 것 같은 흐뭇한 기분을 느꼈겠지.”

"——!"

마치 자신의 속마음을 꿰뚫어 본 것 같은 말에 자간의 몸이 딱딱하게 굳었다.

고메리가 다그치듯 거듭 물었다.

"달콤한 초콜릿을 먹고 눈을 크게 깜빡거렸을 때는? 그리고 어쩔 수 없이 감상을 이야기한다는 태도로 '달콤해'라고 했을 때는? 마지막으로 겸연쩍은 듯 내뱉은 '……아니, 이건'은 어땠지?"

말 한 마디 한 마디가 자간을 후려치듯 날아와 박혔다.

그리고 그 유탄을 퍽퍽 맞은 네프테로스는 '읏'이나 '큭' 하고 신음을 흘리며 입술을 깨물었다.

그 반응에 고메리의 입이 초승달처럼 휘어지며 미소를 그렸다.

"——의외로 귀여운 구석이 있군——그런 생각을 했을 테지."

"큭, 누가 그런 생각을——."

"——괜찮다."

자간이 부정하려고 하자 고메리는 다 알고 있다는 듯 고개를 끄덕였다.

"잘 듣게, 〈마왕〉. 귀여운 것을 보면 마음이 부드러워지지 않나? 들판을 달리는 토끼를 귀여워한다고 누가 화를 내겠어. 아름다운 꽃을 넋을 읽고 바라보는 게 이상한가? 하지만 그것과 백년해로 하고 싶은 건 또 다른 이야기야. 사랑한다는 건 그런 걸세."

고메리는 두 팔을 벌리고 외쳤다.

"〈마왕〉, 만물을 사랑하게. 그러면 이 세상은 진정으로 그대의 것이 될지니!"

그 말에는 마치 마력이라도 들어 있는 것처럼, 미치광이의 헛소리라고 웃으며 치부할 수 없는 무언가가 있었다.

고메리가 요사스럽게 웃는다.

“〈마왕〉, 그대가 느끼고 있는 건 사랑하는 사람에게만 허락된 감로(甘露)일세. 사랑하면 길가에 핀 꽃도 만 가지 보물보다 더 귀한 비보가 되지. 이것을 한층 더 고취하는 것이 바로 사랑의 힘이라네.”

무슨 말을 하는 건지 하나도 이해되지 않았지만 세상의 진리라도 말하는 듯한 박력은 있었다.

바로 그때 네피가 깜짝 놀라며 물었다.

“고메리 님, 그러면 혹시――.”

“비록 자간 님은 무뚝뚝하게 말씀하셨지만, 그 한 마디에서 열심히 고민한 흔적을 발견했을 때 가슴이 벅차오르는 것도 그런 건가요?”

――어떻게 하면 거기까지 알 수 있는 거지?

사랑하는 소녀가 모든 것을 꿰뚫어 보고 있었다는 사실에 자간은 얼굴을 가리며 괴로워했다.

그 말을 들은 고메리의 눈이 휘둥그레지나 싶더니 입을 크게 벌리고 웃기 시작했다.

“이건 또 무슨 일인가! 설마 〈마왕〉을 사랑하다니……. 아니지, **그래서 그런 건가**. 그래야 〈마왕〉의 곁에 있는 여인이지. 암, 그렇지! 그것이 바로 사랑의 힘!"

이번에는 괴로워하는 자간의 등에서 포레가 손을 들었다.

"그럼 자간이 네피를 무릎 위에 앉히고 꼭 끌어안고 있는 모습을 보면 왠지 마음이 흐뭇해지는 것도 그런 거야?"

"그렇지! 집사가 그 모습을 보지 못하도록 네 얼굴을 가리려 하는 것도 아주 좋은 사랑의 힘이다."

생각지도 못한 역습에 이번에는 네피가 얼굴을 가리고 웅크리고 앉았다.

고메리는 의기양양한 얼굴로 자간에게 속삭였다.

"이제 알겠지? 가여운 소녀를 위로해주는 행위가 사랑의 힘이 아니야. 그것에서 사랑스러움을 이끌어내 사랑스럽게 느끼는 힘이 바로 사랑의 힘이지. 나의 〈마왕〉, 그대에게는 재능과 힘이 있어. 그대라면 언젠가 나보다 더 높은 곳에 오를 수 있을 터."

눈곱만큼도 기쁘지 않은 찬미에 자간은 신음만 흘리는 수밖에 없었다.

——이 녀석이 〈마왕〉이 되었다면 온 세상이 난리가 나지 않았을까?

그런 마술사를 부하로 받아들였다는 사실에 후회의 감정이 치밀어 올랐지만, 그와 동시에 이런 인간을 그냥 풀어뒀으면 더 큰 일이 났을 거라는 생각도 들었다.

그렇게 맥이 빠져 있자 더는 참지 못하겠는지 네프테로스가 일어났다.

"거기 마인족, 아까부터 듣자 듣자 하니까 완전히 자기 멋대로 떠들고 있잖아. 적당히——히익?"

따지고 들려던 네프테로스가 갑자기 비명을 질렀다.

무슨 일인가 싶어 고개를 드니 어느새 노파에서 아름다운 미녀의 모습으로 변한 고메리가 네프테로스를 부드럽게 끌어안고 있었다.

뒤로 넘어질 것 같은 자세로 안겨 있는 네프테로스는 자력으로는 일어나지 못할 것처럼 보였다.

고메리는 네프테로스의 턱에 손가락을 슥 가져다 댔다.

"키키, 화난 얼굴도 귀엽군. 그런 식으로 날 기쁘게 하지 마. 참기 힘들어지니까."

"히이익, 무, 무슨 말을……."

"흐음, 피부가 참 곱구나. 황금색 눈동자와 하얀 머리카락도 근사해. 키키키, 세상에, 이 정도 애무로 이렇게 얼굴을 붉히는 사람이 또 있을까."

"그, 그만……, 이거 놔……, 아으으……."

단순히 마술사로서의 힘이라면 네프테로스가 몇 수는 더 위겠지만, 직접적인 위로의 말에 소녀는 몸이 이완되었는지 고메리의 손길에 따르고 있었다.

새빨갛게 달아오른 갈색 피부와 불안한 듯 가슴 앞에서 손을 떨고 있는 모습은 평범한 소녀와 다를 게 없었다.

"이, 이거 놔……. 놓으라고……, 했잖, 아……."

"키키키, 부끄러워하는 모습이 제법 구미가 당기는군. 부탁할 생각이라면 제대로 부탁하는 방법이 따로 있을 텐데? 혀 위에서 달콤하게 굴리듯이 이렇게 말하는 거지——언니——라고."

눈동자를 요사스럽게 빛내며 속삭이는 고메리의 모습에 자간도——그러고 보니 이 녀석의 별명은 〈요부〉였지——하고 멍하니 떠올렸다.

네프테로스는 굴욕감에 얼굴을 일그러뜨렸지만 그것도 점점 갈등의 빛을 띠기 시작하더니 머지않아 패배자처럼 떨기 시작했다.

그리고 굴복한 것처럼 입을 막 열려고 할 때였다.

"——아야."

네프테로스를 마음껏 희롱하고 있는 고메리의 머리를 키메리에스가 가차 없이 때린 것이다.

"고메리 씨, 자중 좀 하시죠."

"이 자식, 방해하지 마라, 키메리에스. 조금만 더 있으면 이 소녀를 내가 없이는 살 수 없는 몸으로 만들 수 있었는데!"

——왜 이런 녀석을 데리고 온 걸까……. 아, 맞다, 자기 마음대로 따라온 거지…….

말과 행동만 보면 오해하기 쉽지만, 성에 남겨두고 온 라파엘이 얼마나 충직하고 유능한지 절감했다.

고메리의 주의가 흐트러지면서 네프테로스는 그녀의 손에서 해방되었지만 다리에 힘이 풀렸는지 제대로 서지도 못했다.

그런 네프테로스를 키메리에스가 털이 덥수룩한 팔로 부드럽게 받아주었다.

"네프테로스 씨, 죄송합니다. 이 사람은 이렇게 되면 조금 골치 아픈 타입이라……."

진심으로 미안해하며 머리를 숙인 키메리에스는 네프테로스를 바닥에 살짝 내려놓았다. 그리고 큰 소리로 고함을 질러대고 있는 고메리의 목덜미를 잡고 들어 올렸다.

그 틈에 네프테로스는 고메리로부터 떨어져 자간의 뒤로 피신했다. 그 자존심 강한 소녀가 네 발로 기어서 당장이라도 도망칠 기세다.

보다 못한 자간은 어쩔 수 없다는 듯 입을 열었다.

“아~……, 미안하게 됐다. 우리 노파가 무례한 짓을 저질렀군.”

“……아뇨……. 당신도 참 고생이 많네요, 〈마왕〉 자간.”

“평소에는 이렇지 않은데…….”

네프테로스의 말에 네피가 지친 목소리로 대꾸했다.

세 사람 사이에 기묘한 우정이 생긴 순간이었다.

그런 이야기를 하고 있는 동안에도 고메리와 키메리에스는 언쟁을 벌였다.

“이~거~놔~!”

“알겠으니까 식사 준비를 도와주세요. 해가 져서 컴컴하단 말입니다.”

고메리가 소동을 벌이는 사이 하늘은 완전히 어두워져 있었다.

각자 자연스럽게 식사 준비를 하거나 잠자리를 확보하는데 갑자기 샤스틸이 고함을 질렀다.

“자, 잠깐만. 발바로스가 꿈쩍도 하지 않아!”

두 사람 모두 이상하게 조용하다 싶었더니 아직 깨어나지 못한 발바로스를 샤스틸이 흔들고 있었다.

그 모습을 보고 문득 의문을 느낀 자간이 고메리에게 물었다.

"발바로스는 아무래도 좋지만 저건 사랑해주지 않아도 되나?"

"그냥 가만히 있기만 해도 사랑 받는 멍청이를 사랑해서 무슨 재미가 있겠나. 아니, 그보다 왜 내가 성기사를 사랑해줘야 하는 거지?"

진지한 얼굴로 대꾸하는 말에 샤스틸은 혼자 아무 말도 못하고 있었다.

◇

자간 일행이 잠자리로 고른 곳은 무사히 남아 있는 집 중에서도 꽤나 큰 집이었다.

물론 자간의 성에 비하면 작지만 지하까지 합하면 열 개가 넘는 방이 있었다. 벽과 선반에도 나름 은세공 장식품 같은 것이 놓여 있는 것을 보면 신분이 높은 사람의 저택이라고 짐작되었다.

그렇지만 구조 자체는 다른 집과 다를 게 없었다. 판자를 깐 바닥에 벽은 투박한 돌을 쌓아 올린 것이다. 돌에는 이끼가 잔뜩 끼어 있어서 마치 동굴 같았다.

자간은 벽에 박혀 있는 은으로 된 촛대로 손을 뻗더니 마력을 실어 불을 밝혔다. 마술이라 부르기도 힘든 기초적인 힘이다.

희미하게나마 밝아진 통로를 보며 자간은 중얼거렸다.

"이곳은 엘프 우두머리의 집……, 같은 건가?"

"네. 마을 촌장님의 집이에요. 들어와보는 건 저도 처음이지만

요…….”

자간의 중얼거림에 네피가 그렇게 대답하며 고개를 끄덕였다.

——신령 마법이나 하이 엘프에 대한 단서를 찾으려면 일단 이곳부터 봐야겠지.

하지만 고메리가 소란을 피운 바람에 밖은 이미 완전히 어두워졌다. 조사를 시작하려면 내일이나 되어야 할 것이다.

그렇게 되어 저택 안을 걷는 사람은 자간과 네피, 그리고 샤스틸과 네프테로스, 이렇게 네 명이었다.

네프테로스가 내키지 않는다는 듯 중얼거렸다.

“……왜 나까지.”

본의 아니게 이번 일에 말려들게 된 이 소녀는 여기서 혼자 돌아갈 수 있는 이동 수단을 가지고 있지 않았다. 그래서 마지못해 자간과 행동을 같이 하기로 한 것이다.

“포레와 함께 주방에서 기다리고 있어도 괜찮다만.”

소동의 책임을 지겠다며 저녁은 고메리와 키메리에스가 만들겠다고 제안했다. 포레는 주방에서 손가락으로 음식을 집어 먹으며 휴식 중이고 발바로스는 아직도 일어나지 않아서 적당히 방에 던져두었다.

자간이 그렇게 말하자 네프테로스는 몸서리를 쳤다.

“딱히 불만이 있어서 그런 건 아니에요. 가만히 있는 건 지겹기도 하고.”

고메리에게 농락당한 공포는 그리 간단히 잊을 수 있는 게 아니다. 네프테로스는 ‘부탁이니까 주방만은 봐주세요’라고 말하는 것처럼 재빨리 그렇게 대답했다.

자간은 어깨를 으쓱였다.

“그렇게 경계할 필요는 없어. 비프론스는 마음에 들지 않지만 네게 원한이 있는 건 아니니까. 저쪽으로 다시 돌아갈 때까지 잘 보살펴주지.”

애당초 잘못한 건 발바로스지만 자간 역시 〈마왕〉으로서의 도량 정도는 가지고 있었다.

위로의 말에 네프테로스는 갈색 귀를 떨며 고개를 숙였다.

“비프론스 님 일은……, 저…….”

네프테로스는 입 안에서 웅얼웅얼 중얼거렸지만 이어지는 말은 무슨 말인지 하나도 알아들을 수 없었다.

고개를 갸웃거리고 있자 샤스틸이 신기하다는 듯 벽을 만졌다.

“참 신기한 건물이야. 이곳에 있기만 해도 성검의 영기가 날카로워지는 것 같아.”

“그래?”

의외의 말에 자간이 눈을 동그랗게 뜨자 샤스틸은 자랑스럽게 가슴을 폈다.

“북쪽 성지라고들 하니 역시 아주 영험한 땅이겠지. 교회의 대성당에서도 이렇게 영적으로 맑은 공간은 한 번도 본 적 없어.”

새삼스럽지만 성검의 마력 같은 것을 ‘영기’라고 하는 모양이다.

샤스틸은 감탄한 듯 몇 번이나 고개를 끄덕였다.

“여기라면 성검의 힘도 충분히 다 끌어낼 수 있겠어. 게다가 이번에는 세례 갑옷도 제대로 갖춰 입고 왔단 말이지. 그 어떤 것도 두렵지 않아!"

"이런 곳에서 적이 나타난다면 잠자리를 침범 당한 엘프들의 망령이겠지."

"히익, 망령?"

그 단어를 들은 샤스틸이 펄쩍 뛰어올랐다.

눈 깜짝할 사이에 새파랗게 질린 소녀의 모습에 자간도 어이없다는 듯 물었다.

"너 설마 망령이 무서운 거냐?"

"그, 그치만 망령은 죽은 사람이 방황하다 나타나는 거잖아?"

"그 망령과 불사자를 퇴치하는 것도 너희들 성기사가 하는 일 아니었나?"

교회의 일은 마술사와 으르렁대기만 하는 게 아니다. 신자……, 그러니까 시민들의 고민과 고충에 응답해주는 것도 그들이 하는 일 중 하나다.

그리고 마술사는 망령과 불사자의 사역도 하기 때문에 그런 종류의 사건이 일어나면 성기사가 파견되는 일도 있다.

그런데 그 성기사의 우두머리가 망령이 무섭다고 하니 웃기지도 않은 일인 것이다.

하지만 샤스틸은 떨리는 손을 감추려고도 하지 않은 채, 눈물을 글썽이며 의연하게 선언했다.

"일은 일이고 무서운 건 무서운 거야. 문제 있어?"

그러자 자간뿐만 아니라 네프테로스까지 한숨을 흘렸다.

"……당신은 자존심이나 자긍심 같은 것도 없어?"

"허영을 부리는 게 얼마나 무의미한 짓인지 절실히 깨달은 것뿐인데?"

수습하려고 하면 할수록 상황을 더 복잡하게 만드는 것이 바로 이 소녀다. 도대체 어째서 성기사로 일하고 있는지 신기할 따름이었다.

——아, 성검의 선택을 받았기 때문인가.

그런 주제에 책임감은 강해서 무심코 내버려두지 못하게 된다.

고메리가 '굳이 사랑해줄 필요 없다'고 한 건 바로 그런 뜻으로 한 말이 아닐까 싶다.

너무 당당한 대답에 네프테로스도 움찔했다.

"그, 그래……."

동정해야 할지 아니면 경멸해야 할지 모르겠다는 듯한 목소리로 대꾸하는 것 말고는 할 수 있는 게 없는 듯했다.

——이 녀석, 의외로 예상 밖의 반응에는 약한 것 같군.

생각해보니 자간을 속이기 위해 네피인 척했을 때도 자간이 속이려 하고 있다는 사실조차 눈치채지 못했다는 사실에 상당히 동요했었다.

그렇게 생각하면 평소에 보여주는 오만한 모습은 상당히 무리해서 억지로 만들어 보이고 있는 게 아닐까 하는 생각도 든다.

그래, 그런 시점에서 보면 이 소녀에게도 사랑해줄 가치가 있을지도 모른다.

거기까지 생각한 자간은 고개를 흔들었다.

——안 돼. 이상한 말을 들어서 그런지 모든 것을 '사랑하는' 것을 기준으로 생각하고 있어.

원래 타인에게 관심이 없는 자간에게 이 정도로 영향을 미치다니, 무서운 노파다.

자간은 마음을 다잡고 중얼거렸다.

"그러고 보니 포레도 대하기 어려워하는 것 같더군."

"나, 난 딱히 그 애가 싫어서 그런 건 아니야. 그냥 마주칠 때마다 자꾸 장난을 쳐서……."

"그 녀석의 별명은 〈망령〉이다."

"에엑?"

당시의 포레는 월 포레라는 이름으로 불리며 덩치 큰 남자의 갑주를 걸치고 있었는데, 〈망령〉은 그 안이 **텅 비어 있었다**는 사실에서 연유한 별명이다.

그 유래에 대해 이야기하려고 했는데 샤스틸은 또 창백하게 질려서 덜덜 떨었다.

"그래서 내가 무서워하는 일을 그렇게 정확히 골라서 해내는 건가……."

——그냥 아무 말 않고 있는 게 더 재미있을 것 같군.

자간은 일단 샤스틸을 더 **지켜보기로** 하고 다시 저택의 모습에 주의를 기울였다.

"마술 함정 같은 건 없어 보이는군."

엘프는 싸움을 좋아하지 않지만 높은 마력을 가지고 있는 건 사실이다. 자신들의 몸과 비밀을 지키기 위해 함정을 설치해두는 게 당연하다고 생각했지만 이상하게도 그런 것은 보이지 않았다.

네피는 작게 고개를 끄덕였다.

"제 눈에 띄지 않게 했던 것일지도 모르지만, 마을 사람들은 마술을 다루는 법도 모르는 것 같았어요."

마술과는 다른 '마법'이라는 힘도 있지만 그건 하이 엘프인 네피와 네프테로스밖에 다루지 못한다.

이 마을의 엘프들이 사용했을 가능성은 낮다.

"기묘하군. 그러면 어떻게 몸을 지켰지? 인간의 눈에서 벗어났다고 해도 짐승이나 마물들의 습격을 받지 않는다는 보장은 없을 텐데."

큐아노에이데스 근방에서는 완전히 사라졌지만 이 대륙에는 마물이라 불리는 외적이 존재한다.

마물은 마력을 가지고 있는, 인간이나 짐승과도 다른 모습을 한 생물이다. 그중에는 인간의 말을 이해하는 것도 있는데 '마족'의 권속이 아닐까 하는 이야기도 있다. 그들 안에 있는 것은 식욕과 파괴 충동뿐이라 대화를 나눌 수 있다고 해도 화해는 하지 못한다. 그런 놈들이었다.

마물은 당연히 엘프도 습격하는데, 사람의 손이 닿지 않는 북쪽 성지에는 아직도 마물들이 존재하고 있다고 한다.

네피는 대답 대신 가까이 있는 문을 열었다.

객실인 모양인지 커다란 테이블과 이끼가 낀 바위 의자가 늘어서 있었다. 흙바닥도 아닌데 흙냄새가 코를 찔렀다.

자세히 보니 바위로 된 의자가 바닥과 바로 이어져 있었다. 그래서 흙냄새가 났던 것이리라. 의자가 바닥을 뚫고 지면에 쏙 박혀 있는 모양이다.

이 또한 결계의 일종……이라기보다는, 샤스틸이 말했던 '영기'라는 것을 높이기 위한 장치일 것이다.

널빤지 사이로 도마뱀이 쪼르르 기어 나왔다. 고문 도구와 백골 사체가 굴러다니는 황폐한 성에 살았던 자간이 할 말은 아니지만, 이곳에 살았던 사람은 이런 게 신경 쓰이지 않았던 걸까. 포레가 봤으면 주저 없이 샤스틸에게 장난을 감행했을 것 같은 장소다.

네피는 안으로 들어가더니 활을 손에 들었다.

"다들 사냥을 하거나 싸울 때는 이런 활을 사용했어요."

그 활을 본 자간은 '호오' 하고 중얼거렸다.

본체는 잘 휘어지는 목재로 되어 있고 은제 장식이 달린 근사한 활이다. 그것만으로도 충분히 가치가 있는 물건인데…….

"그 문양은 신령 문자인가."

자세히 보니 은장식은 문자 같은 무늬를 이루고 있었다.

네피도 고개를 끄덕였다.

"네. 의미는 모르겠지만 엑스시아이라고 적혀 있네요."

"——마(魔)를 물리치는 자——라는 뜻이야. 마를 쫓아내는 말이지."

옆에서 대답한 사람은 네프테로스였다.

자간과 네피의 눈이 동그래졌다.

“……왜?”

“그런 걸 우리에게 말해줘도 되나?”

“……비프론스 님에게는 아무 명령도 받지 못했고 당신도 이곳의 조사가 끝나면 돌아갈 것 아닌가요? 그렇다면 협력하는 게 더 건설적이라고 판단한 것뿐입니다.”

불쾌한 듯 고개를 돌렸지만 그녀의 귀는 수줍은 듯 움찔움찔 떨리고 있었다.

——알기 쉬운 녀석이라니까.

자간이 뚫어져라 관찰하고 있자 네프테로스가 화를 내며 노려봤다.

“왜 그러죠?”

“……아니. 그보다 나한테만 경어로 말하는 것 같은데 피곤하지 않아?”

“에, 아니……, 제가 그랬나요?”

자각하지 못하고 있었던 모양이다.

“네피와 고메리 같은 사람들에게는 스스럼없는 말투로 이야기하는 것처럼 보이던데.”

“잘, 모르겠군요. 특별히 의식하고 있진 않았어요. 다만…….”

“다만?”

“당신은 〈마왕〉이죠.”

그것은 경의를 표한다는 뜻일까, 아니면 두려워하고 있다는 뜻일까.

왠지 나무라고 있는 것 같은 기분이 들기 시작한 자간은 어깨를 으쓱였다.

"난 네 주인이 아니야. 말투를 바꾸라는 건 아니지만 넌 '손님'이다. 괜히 날 어렵게 대할 필요는 없어. ……지금은 말이야."

비프론스의 부하로 적대 관계에 있을 때는 이야기가 다르지만, 지금은 본의 아니게 자간이 이번 일에 끌어들이고 만 '손님'이다. 손님이니만큼 정중하게 대할 것이다.

그렇게 말하자 네프테로스는 어쩐지 마음이 놓인 것처럼 몸에서 힘을 뺐다.

"알겠습……, 알았어. 편하게 말하도록 할게."

"그래."

그런 이야기를 나누자 네피는 기쁜 듯 귀를 흔들었다.

네프테로스가 불쾌하게 쏘아봤다.

"왜 그래? 불만이라도 있어?"

"아뇨. 감사합니다, 네프테로스 씨. 신령 언어의 뜻까지 알고 계시다니, 정말 듬직해요."

"너, 너한테 그런 부탁을 받아도 하나도 기쁘지 않거든."

입으로는 부정했지만 그녀의 갈색 귀는 기쁜 듯이 움찔움찔 떨렸다.

――마치 자매가 싸우는 모습을 보고 있는 듯한 기분이군…….

예전에는 네피에게 상처를 주려고 했던 네프테로스였지만 당사자인 네피가 우려는커녕 오히려 받아들이려 하고 있기 때문일 것이다.

문득 생각나는 게 있었다.

——내가 도와주고 싶어. 그리고 선배로서 이것저것 가르쳐주는 거야——

네프테로스가 신령 마법을 읊었을 때, 자간 속으로 흘러들어온 기억.

그녀도 처음부터 네피를 미워하지는 않았던 것이다.

이 마을에서 학대당하는 네피를 보고 도와주고 싶다고 생각한 적도 있었다.

지금 이 모습을 보니 아직도 그런 마음이 남아 있는 듯했다. 아니면 이곳에 오게 되면서 그 마음이 되살아났는지도 모른다.

그 사실을 증명하듯 네프테로스는 네피의 손에서 활을 낚아채듯 들었다.

“아마 이건 성검과 동일한 구조를 가진 무기일 거야. ……그래 봤자 출력은 장난감 정도밖에 안 되는 것 같지만. 강한 힘을 가진 자가 이 활을 당기면 마력을 띤 화살이 날아가게 되겠지.”

“음, 활 자체도 상당히 오래되고 가치 있는 물건인 것 같군.”

“맞아. 아마 현재 남아 있는 엘프들이 아니라 나와……. 네피 같은 하이 엘프가 아직 존재하고 있었던 시대의 물건이겠지.”

네프테로스가 힐끔 쳐다보자 네피는 고개를 갸웃거렸다.

“귀중한 물건인가요?”

“귀중하다고 할까, 말하자면 ‘전설의 무구’의 일종이지. 교회가 보면 좋아서 날뛰며 성유물이니 새로운 신기(神器)니 하며 축제를 벌이지 않을까?"

그 대답에 말문이 막힌 사람은 샤스틸이었다.

"엇, 그러면 성검과 동등한 무기라는 뜻이야?"

"그 정도까지는 아니지만 그 바로 아래의 힘 정도는 있지 않을까? 적어도 당신의 세례 갑옷보다는 훨씬 강할거야."

샤스틸의 어깨가 축 처졌다.

"으으, 이번에는 모처럼 전부 다 장착하고 왔는데……."

그렇게 대단한 물건이 이렇게 아무렇게나 장식되어 있는 걸 보면 역시 엘프의 숨겨진 마을이 맞기는 맞는 모양이다.

그렇게 이야기하는 네프테로스는 조금이지만 의기양양해 보였는데, 네피에 대한 적의도 제법 잠잠해진 듯했다.

——내가 걱정할 일은 아닌 것 같군.

당장은 어렵겠지만 네피와 이 소녀라면 언젠가 자연스럽게 서로 마주 보며 웃을 수 있는 날이 올지도 모른다.

샤스틸이 활을 뚫어져라 바라보며 감탄한 듯 고개를 끄덕였다.

"확실히 엘프 중에는 활의 명수가 많다는 전승을 들은 적이 있어. 원래 마력이 강한 종족이니 당연한 무기일지도 모르지."

"……그건 그렇고, 이것 좀 놔주면 안 될까?"

어느새 샤스틸은 네프테로스의 망토 자락을 잡고 있었다.

"그, 그치만 그쪽 방은 어두워서 뭔가 튀어나올 것 같단 말이야……."

"당신, 진짜 그 집사와 똑같은 성기사장 맞아?"

네프테로스는 진심으로 어이없다는 표정을 지었지만 샤스틸의 손을 뿌리치지는 않았다.

그리고 네피에게 활을 다시 돌려주더니 그대로 걸어가기 시작했다.

"그나저나 언제까지 이런 곳에 서서 이야기할 생각이지? 다른 사람들이 식사 준비를 끝내기 전에 방들을 살펴봐야 하는 것 아니야?"

"자, 잠깐 기다려."

네프테로스는 샤스틸을 매단 채 앞으로 걸어갔다.

자간과 네피는 서로 얼굴을 마주 보고 살짝 쓴웃음을 짓더니 그 뒤를 따라갔다.

◇

"이런 곳에도 맛있는 술은 있군."

지하실에서 찾아낸 포도주를 따른 자간은 감탄의 한숨을 흘렸다. 꽤 오래된 술인지 잘 숙성된 풍미가 혀 위에서 춤을 추었다.

그곳은 촌장의 저택에 있는 한 방이었다.

목조 침대 하나에 간소한 사이드 테이블이 하나. 벽에는 작은 책장이 있고 엘프의 언어로 직접 쓴 책이 수 십 권――대충 훑어본 바로는 일지 같았다――있는 자그마한 방이다.

침대도 솜이 아니라 짚으로 채워져 있다.

앉아보니 그렇게 불편하지는 않았다. 평소에는 수면도 옥좌에서 취하다 보니 누워서 자는 건 조금 이상한 느낌이었다.

게다가 네피의 방이 이렇게 떨어져 있는 것도 처음이었다.

성에 있는 네피의 방은 옥좌의 방 바로 위다. 들어가고 나올 때마다 옥좌의 방을 지나기 때문에 반드시 얼굴을 보게 된다.

자간은 포도주를 따르면서 저녁 식사 때 있었던 일을 떠올렸다.

결국 저택 안에 마술이나 마법으로 된 함정은 아무것도 없었다.

고메리 일행이 있는 곳으로 돌아가니 저택의 큰 방에 저녁 식사를 준비해두었다. 주방에 남아 있던 식재료——야채가 메인이지만——로 만든 간단한 메뉴지만, 중간에 포레도 요리를 거들어준 덕분에 배가 터질 만큼 양이 많았다.

식사 중에 고메리가 또 네프테로스를 건드려서 큰 소동이 벌어지는 바람에 맛은 잘 느낄 수 없었지만.

하지만 그 노파——지금은 미녀지만——가 유독 엉뚱한 소동을 자꾸 벌이는 것도 다 네피를 배려해서 그런 것인지도 모른다. 떠들썩하게 지내면 쓸데없는 생각을 하지 않아도 되니까.

유리잔에 담긴 새빨간 액체를 바라보며 자간은 한숨을 흘렸다.

"네피……. 당황한 것 같던데."

고향의 참담한 모습을 보고 괴로워한다기보다는 어떻게 받아들이면 좋을지 모르겠다는 얼굴을……, 귀를 하고 있었다. 알게 된 지 얼마 되지 않은 고메리와 키메리에스도 그 사실을 어렴풋이 느끼고 있었던 것 같다.

물론 신경 쓰이지 않는 건 아니지만 괜찮지 않은 사람에게 괜찮냐고 물으면 짜증만 날 뿐이다.

그렇게 고민하는 사이에 식사 시간은 지나고 네피와 이렇다 할 대화도 나누지 못했다.

그리고 그 후에는 각자 알아서 방을 정하고 쉬는 분위기였다. 다행인지 불행인지 방은 여덟 개 이상 있어서 네피와도 다른 방을 사용하게 되었다.

의외였던 건 샤스틸이 발바로스에게 저녁밥을 가져다 줬다는 사실이다.

너무 세게 때렸는지 악우 녀석은 저녁이 되어도 일어날 생각을 하지 않았다.

'저 남자는 쓰레기 같은 악당이지만 정말로 아주 가끔은 좋은 점도 있어. 이번에도 녀석 때문에 이렇게 다시 네피와 자간 일행과 만날 수 있었고.'

발바로스는 자간의 명령에 따라 샤스틸을 지키고 있다. 그래서일까, 어느새 샤스틸도 그를 미워하지 않게 된 것인지도 모른다.

——발바로스도 아주 싫지만은 않은 것처럼 보이지만.

그쪽은 한동안 놔둬도 괜찮을 것이다.

"그보다 문제는 네피인데……."

모처럼 개인적으로 사용할 수 있는 방을 얻었으니 네피와 이야기를 나누고 싶다.

그렇지만 지금 자신이 어떤 말을 해줄 수 있을까. 지금 같은 상황에서는 네피 역시 혼자 있고 싶을지도 모른다. 하지만 그러면 여기까지 일부러 따라온 의미가 없는 듯한 생각이 든다.

그렇게 한동안 고민하던 자간은 포기한 듯 머리를 흔들었다.

"……멍청하긴. 고민할 필요가 뭐 있다고."

자간은 술병을 들고 일어났다.

——해줄 말이 떠오르지 않으면 그냥 아무 말 없이 옆에 있어주면 되는 거다!

애당초 자간도 네피도 자신의 마음을 말로 표현하는 게 서툰 인간들이다. 그렇기 때문에 언제나 힘들 때는 곁에 있어주었다.

단순한 일을 가지고 뭘 그렇게 고민했던 걸까.

그렇게 네피의 방으로 가기 위해 문을 열려고 했을 때였다.

——음, 누가 있군.

생각을 하느라 눈치채지 못하고 있었는데 누군가가 문 앞을 몇 번이나 왔다갔다 하고 있다.

오른쪽으로 몇 걸음 걸어갔나 싶으면 다시 돌아와서 왼쪽으로 몇 걸음, 발소리를 죽이고 있지만 상대방이 상당히 오랫동안 문 앞에 있었다는 사실을 알 수 있었다.

——네피……는 아니군. 발소리를 들어보니.

발소리를 내는 데도 주의를 기울이는 네피의 발소리는 반대로 들으면 금방 알 수 있다.

이 가벼운 발소리는 키메리에스나 발바로스는 아니다. 여자다. 그렇지만 포레만큼 가볍지도 않고 샤스틸만큼 어수선하지도 않다. 고메리는 외모를 바꿀 수 있지만 이렇게 조신한 발소리를 낼 리는 없다.

그렇다면 남은 건…….

"그런 곳에서 뭘 하고 있는 거지——네프테로스?"

"——!"

그렇게 말하며 문을 열자 진심으로 놀란 얼굴로 딱딱하게 굳은 네프테로스가 있었다.

——네피와 똑같은 얼굴로 이런 표정을 짓는 걸 보니 왠지 신선하군.

네피는 실수로라도 보여주지 않을 표정이다.

네프테로스는 한동안 말이 나오지 않는 듯 입만 벙긋거렸지만 이내 대충 얼버무리려는 듯 긴 은발을 흔들었다.

"우연히 지나가던 것뿐이야."

"그래?"

계속 거기 있지 않았냐는 지적은 하지 않기로 했다.

네프테로스는 고개를 획 돌렸지만 계속 힐끔힐끔 쳐다보는 모습이 아무래도 자간에게 용건이 있는 것 같았다.

——가능한 한 빨리 네피에게 가고 싶은데…….

하지만 이 소녀를 '손님'으로 규정한 사람은 자간이다.

손님에게는 최소한의 예를 다해야 한다.

어쩔 수 없이 자간은 되물었다.

"나한테 무슨 용건이라도 있는 건가?"

"으……, 그게……."

아무래도 너무 직접적으로 물으면 망설이게 되는 모양이다. 네프테로스는 위축된 것처럼 머뭇거렸다.

——귀찮은 녀석이군…….

재촉하면 역효과가 날 것 같아서 네프테로스가 입을 열기를 가만히 기다렸다.

머지않아 네프테로스도 자간이 자신의 말을 기다리고 있다는 사실을 눈치챈 듯했다.

갈등하면서도 품에 안고 있던 꾸러미를 내밀었다.

"받아, 당신 망토를 돌려주러 온 거야."

"망토?"

듣고 나니 생각났다.

——그러고 보니 전에 옷이 없는 걸 보고 빌려줬지.

'마신'의 잔류 사념에 집어삼켜져 괴물로 변했던 네프테로스를 자간이 구해줬다. 그때 빌려준 망토였다.

"의외로 성실한 녀석이군. 일부러 돌려주러 온 거냐?"

"다, 당신이 돌려주러 오라고 했잖아!"

"내가 그랬나?"

솔직히 그때는 비프론스에게 보내는 '답례'를 신경 쓰느라 정신이 없어서 무슨 말을 했는지 잘 기억나지 않는다.

하지만 이런 곳까지 가지고 와주었다.

자간은 순순히 망토를 받았다.

"음……? 이 망토, 원래 이렇게 깨끗했나?"

네피가 늘 정성들여 손질해주고 있지만 원체 낡은 옷이다. 게다가 그때는 '진흙 마신'과 싸우느라 상당히 많이 해졌을 것이다.

고개를 갸웃하자 네프테로스는 귀 끝을 붉히며 얼굴을 돌렸다.

"너무 낡아서 손을 좀 본 것뿐이야."

"꽤맨 거냐? 수고 많았군."

씁쓸하게 웃으며 망토를 걸쳐봤다.

"음, 나쁘지 않아. 비프론스에게 정나미가 떨어지면 우리 성으로 와라. 네게 맡기고 싶은 일이 산더미처럼 많으니까."

"……혹시 날 빨래나 하는 여자로 착각하고 있는 것 아니야?"

"신령 마법에 대한 지식도 필요해서 그런 거다."

그렇게 대꾸하자 네프테로스는 아주 싫지만은 않은 듯 거들먹거리며 말했다.

"……일단 생각해볼게."

그 목소리에서는 패기도 갈등도 느껴지지 않았다.

"비프론스와는 잘 지내고 있나?"

"글쎄……. 어떨까."

애매하게 고개를 끄덕인 네프테로스는 망토 안에서 편지지 하나를 꺼냈다.

내용만 보면 예전에 비프론스가 자간에게 보낸 야회 초대장이지만 여기에는 한 가지 장치가 되어 있었다. 비프론스가 네프테로스를 화나게 하면 마술로 만든 주먹이 그를 후려치는 장치다.

"맞다. 이것도 고마워. 덕분에 비프론스 님도 **적절한 거리감**이라는 것을 이해하게 되신 것 같아."

"오, 그건 의외군. 그게 넌더리를 내기도 하는 건가."

네프테로스는 기가 막힌다는 듯 고개를 옆으로 흔들었다.

"그분도 머리가 열 번도 넘게 날아갔으니 조금은 생각이라는 걸

하시는 거지."

"호오……."

그 대답이야말로 의외였다.

——열 번 이상이나 그것을 **막지 못했다**는 건가.

비프론스 역시 〈마왕〉중 한 명이다.

물론 자간도 나름대로 신경 써서 장치를 해두었지만, 〈마왕〉이라는 자가 동일한 마술을 몇 번이나 보고도 그 마술을 깰 방법조차 생각해내지 못한다는 것은 말이 안 된다. 그 전에 편지지를 빼앗을 수도 있었으리라.

그런데도 그러지 않는다는 것은 일부러 그러고 있다는 뜻이다.

그래, 그것이 바로 비프론스가 생각하는 '적절한 거리감'이리라.

……단순히 피학적인 취향을 가지고 있어서 그런 건지도 모르지만.

자간은 웃었다.

"그것 잘됐군. 다음부터는 실험 대상이 되기 전에 손을 쓰도록 해."

그렇게 말하며 머리를 톡 하고 살짝 때려주니 네프테로스가 눈을 동그랗게 뜨며 굳었다.

그러더니 새빨개진 얼굴로 머리를 잡았다.

"쓰, 쓸데없는 참견이야. 그보다 당신이야말로 내게 다정……, 이 아니라 그러니까, 이렇게 손님 취급을 해줘도 되는 거야? 난 당신의 엘프에게 위해를 가한 사람이라고."

이제 와서 그런 말을 들을 줄 몰랐던 자간은 웃음을 터뜨렸다.

"어린애가 저지른 일을 가지고 언제까지나 화를 내고 있을 만큼 나도 네피도 한가하지 않거든."

"어린애라니, 당신은 몇 살인지 모르겠지만 난 네페리아보다 연상이야."

음, 하고 자간이 고개를 끄덕였다.

"그러고 보니 넌 몇 살이지?"

숙녀에게 나이를 묻는 건 실례이니 어쩌니 하는 이야기를 들어본 적은 있지만, 자간은 네피 이외의 여자를 상대로 그런 걸 일일이 신경 쓰는 사람이 되지 못했다.

거침없는 질문에 네프테로스는 당황했다.

"나, 난——……, 어라? 나, 는……?"

갑자기 네프테로스가 당혹스러운 듯 머리를 눌렀다.

"……왜 그러지?"

"아니……. 아무것도, 아니, 야."

머리를 흔들더니 가만히 노려보는 네프테로스.

"그보다 아무리 〈마왕〉이라도 숙녀에게 나이를 묻는 게 실례라는 것 정도는 알고 있어줬으면 좋겠어."

아무래도 나이는 묻지 말라는 뜻인 모양이다.

자간은 항복하는 것처럼 두 손을 들었다.

"먼저 이야기를 꺼낸 건 너잖아? 난 네 나이에 별로 관심 없어."

"……흥."

네프테로스는 은색으로도 보이는 하얀 머리를 흔들며 복도 저편으로 가버렸다.

그 뒷모습을 보면서 자간은 보기 드물게 심각한 표정을 짓고 있었다.

"저 녀석, 설마 자기 나이를 모르는 건……, 아니겠지?"

만약 그렇다면 어떻게 된 일일까.

아무리 생각해도 기분 나쁜 가능성밖에 떠오르지 않아서 자간은 한동안 그곳에서 움직이지 못했다.

◇

"……잠이 안 와."

벌써 몇 번째일까.

짚으로 채워진 침대에서 이리저리 몸을 뒤척이며, 네피는 멍하니 중얼거렸다.

네피도 방 하나를 배정 받았지만 마음이 들떠서 그런 걸까, 눈이 말똥말똥해서 도저히 잠들 수가 없었다.

"자간 님……."

자기도 모르게 그 이름을 꺼내봤다.

이곳은 그의 성이 아니다. 그도 침대에서 잠들어 있을 것이다.

――한 침대에서 같이 자면 폐가 될까……?

무릎 위에 앉은 적은 여러 번 있지만 한방에서 잔 것은 손가락으로 셀 수 있을 정도밖에 되지 않았다.

자간이 네피를 산 날에 한 번, 그리고 자간이 옛날이야기를 해준 날 밤에 한 번, 그 정도가 고작이다.

자간은 옥좌에서 수면을 취하기 때문에 어쩔 수 없는 일이기는 하지만, 가끔은 침대 속이 몹시 춥게 느껴질 때가 있다.

바로 지금처럼 말이다.

그럴 때는 그와 같은 이불을 덮고 살을 맞대고 자면 참 좋겠다는 생각을 한다.

그러다가 서둘러 머리를 흔들었다.

——역시 그건 너무 심하게 응석을 부리는 거야.

게다가 왠지 경박한 느낌이 든다.

경박한 자신을 자간이 어떻게 생각할지 두렵다. 좀 더 가까이 있기를 원하는 것이 자기 혼자만은 아니리라.

하지만 그게 구체적으로 어떤 것인지 네피는 모른다.

물론 자간이 하는 일이라면 무엇이든 받아들일 수 있지만, 뭐랄까, 마음의 준비를 하는 게 쉽지 않다고 할까…….

네피는 혼자 귀 끝까지 빨개져서 침대 속에서 고민했다.

그런 망상 때문일까.

"……역시 잠이 들지 않아."

몇 번이나 몸을 뒤척인 네피는 결국 침대에서 몸을 일으켰다.

머리맡에 있는 촛대로 손을 뻗어 가냘픈 손가락을 살짝 튕긴다.

그러자 저절로 초에 불이 켜졌다. 자간이 사용한 것과 똑같은 기초적인 마술이다.

그리고 창밖을 가만히 바라봤다.

창이라고 해도 판자를 매달아 놓았을 뿐이라 유리 같은 건 끼워져 있지 않다. 그것을 막대로 고정시키면 창문을 연 것과 같은 효과를 낼 수 있다.

나무들 사이로 비치는 달빛이 참담한 마을 풍경을 희미하게 비췄다.

네피는 그중 한 집을 가만히 바라봤다.

그곳에 네피가 살던 집이 있었다.

"……의외로 별다른 감정이 생기지 않네."

가슴을 만져본다.

심장 박동도 평소와 똑같아 특별히 빠르지도 않다. 호흡도 정상. 긴장과 불안은 느껴지지 않았다.

——좀 더 괴로울 줄 알았는데.

자간도 상당히 걱정하는 것 같았고, 그래서 같이 가자고 제안했을 것이다.

그런데 맥이 빠질 정도로 아무렇지도 않았다.

차라리 엘프들의 백골이라도 굴러다니고 있었다면 가슴이 아팠겠지만, 핏자국조차 없고 건물도 거의 다 남아 있다. 정말 주민들만 훌쩍 사라진 것 같았다.

불과 몇 개월 전까지 자신이 이곳에서 살았다는 사실이 믿기지 않는다.

아니, 그것도 조금 다르다.

이 느낌은……, 그래, 자간을 만나기 전의 자신으로 돌아간 것 같은 느낌이다.

"……아아, 그래. 여기서 난 늘 이랬어."

누군가에게 기대해봤자 괴롭기만 할 뿐이다.

누구도 자신을 봐주지 않는다.

존재만으로도 해가 된다.

그런 말을 들으며 자랐다.

그래서 네피도 생각하기를 그만뒀다. 생각하지 않으면 조금이라도 고통을 덜 수 있으니까. 아픈 것도 움직이지 않으면 조금이지만 덜 아프다. 그것과 똑같다.

다만 이 무의미한 생이 빨리 끝나면 좋겠다고 기도해왔다.

마음의 정체(停滯).

그것이 네피를 지켜주는 껍데기였다.

하지만 좋은 방법은 아니었다.

이것은 과거를 받아들이는 것이 아니다.

도피다.

고통을 느끼지 않는 대신 환희를 느끼지도 못한다.

이런 곳까지 따라와준 사람들의 따뜻한 마음도 느끼지 못하게 된다는 뜻이다.

"……그건, 싫어."

이젠 더 이상 죽고 싶다는 생각을 하지 않는다.

네피의 인생은 자간을 만났을 때부터 시작되었다고 해도 과언이 아니다.

자간을 위해서 살아가고 싶고, 자간과 포레, 샤스틸, 마뉴엘라, 라파엘, 고메리, 키메리에스, 그리고 발바로스와 함께 살아가고 싶다.

그러기 위해서는 이 마을에 있던 약한 자신을 극복하지 않으면 안 된다.

그 결의를 되새기듯 어둠 너머에 있는 옛날 집을 보고 있을 때였다.

"어……?"

네피의 집이었던 곳에 희미하게 불이 들어왔다.

——아직 누가 살고 있는 거야……?

그 집의 창문도 이곳과 똑같은 구조로 되어 있다.

나무로 된 창문 가장자리로 빛이 조금 새어 나오고 있을 뿐, 그곳에 누가 있는지, 왜 불이 켜졌는지는 알 수 없다.

어쩌면 여행객이나 산적이 길을 잃고 헤매다 들어온 것인지도 모른다.

어쨌든 저절로 일어날 수 있는 일은 아니다.

"자간 님에게 알려야 해……."

자간의 방으로 가려다가 문득 걸음을 멈추었다.

——정말 그래도 될까……?

객관적으로 생각하면 자간에게 알려야 한다.

하지만 그건 결국 자간의 보호를 받으며 그의 뒤에서 편하게 보고 있기만 하는 게 아닐까.

그러고도 약한 자신을 극복했다고 말할 수 있을까.

네피는 고개를 흔들었다.

"……죄송해요, 자간 님. 제멋대로 행동하는 걸 용서해주세요."

네피는 처음으로 자간의 허락을 구하지 않고 혼자서 발을 내딛었다.

◇

부츠를 신고 펜을 든 다음, 테이블 위에 메모지를 꺼내 방금 일어난 일과 지금 그곳으로 갈 생각이라는 것을 휘갈기듯 써내렸다.

이미 자기 마음대로 행동하고 있지만 앞으로 무슨 일이 일어날지 모른다. 아무 말도 않고 모습을 감추는 것은 너무 이기적이고 제멋대로인 행동이라는 생각이 들었다.

메모를 다 쓴 네피는 창밖으로 나왔다.

——공기가 차가워.

옆에 있는 산에 눈이 쌓여 있으니 당연한 일이지만, 네피는 성에서와 똑같이 시녀복을 입고 있었다.

몸을 살짝 떨면서 여기서는 그게 당연했다는 사실을 떠올렸다.

"반년 전이라면 춥다는 것조차 느끼지 못했겠지만……."

자신이 약해졌다는 뜻일까.

——그렇지만 이런 '약함'이라면 긍정할 수 있어.

오히려 자간도 이런 약한 면을 가져줬으면 좋겠다.

그 사람은 너무 강하니까.

조금씩 타인에게 의지하는 법을 배우고 있지만, 여전히 혼자서 다 해결하려고 하는 면이 있다. 혼자서 모든 일을 하려고 하면 종종 곤란할 때도 있을 것이다.

그는 조금 더 약해져서 많은 사람들의 도움을 받아야 한다.

그러지 않으면 다른 사람들은 그에게 아무런 보답도 하지 못하게 되니까.

"난 자간 님이 무조건적으로 기댈 수 있을 만큼 강해지고 싶어."

이건 그러기 위해 필요한 일이다.

광장을 가로질러 예전에 자신이 살던 집으로 달려갔다.

자신의 집이라고 해도 네피에게 허락된 공간은 흙으로 만든 창고 한구석뿐이었다. 허락 없이 다른 방에는 들어가지 못했고, 들어가더라도 청소나 다른 일을 거들어주기 위해서 뿐이었다.

같은 집에 살았던 그들이 누구인지, 몇 명 있었는지조차 명확하게 알려주지 않았다. 그런 공허한 곳이다.

그래도 16년 동안 네피는 이곳에 있었다.

말하자면 학대 받았던 과거의 상징 같은 곳이다.

문을 열려고 팔을 뻗자 손이 살짝 떨리고 있었다.

추위 때문이 아니다.

두려운 것이다.

하지만 네피는 안도하듯 그 손을 바라봤다.

——괜찮아. 내 마음은 멈추지 않았어.

자신의 감정은 아직 살아 있다.

앞으로 일어날 일과 똑바로 마주할 수 있다.

가슴을 잡고 심호흡을 크게 한 다음 손잡이를 돌린다.

"……?"

문 너머에서 따뜻한 공기가 흘러나왔다.

가만히 보니 난로에 불이 켜져 있다. 밖에서 보인 불빛은 이것이었다.

다른 일행들이 있는 촌장의 저택을 한 번 뒤돌아봤다.

——다녀올게요, 자간 님.

자간은 화를 낼지도 모르지만 이 일은 네피 혼자 맞서야 하는 문제다.

그리고 네피는 예전에 살던 집안으로 발을 내딛었다.

집의 구조는 촌장의 저택과 똑같다. 바닥은 널빤지지만 벽은 이끼가 낀 바위를 쌓아 만든 것. 창문이 간소한 반면 의외로 외풍은 들어오지 않는다.

집안의 높은 온도로 인해 외풍이 밖으로 밀려나는 것이다. 난로가 꺼지면 더 이상 그렇지 않겠지만.

내부의 모습은 그대로였다.

벽에는 그림 몇 개가 걸려 있고, 식사를 할 때 기도를 드리는 작은 제단이 현관 바로 위에 설치되어 있다. 그 외에는 좀이 먹어 너덜너덜해진 테이블이 하나, 그리고 목제 의자가 넷. 이곳에 살았던 것은 네피를 빼면 4인 가족이었다.

익숙함을 느낄 만큼 자주 들어오지는 않았지만 기억과 다른 부분은 보이지 않았다.

네피가 마지막으로 본 날, 이 마을이 인간들의 습격을 받았을 때와 무엇 하나 달라지지 않았다. 습격을 당했다는 기억조차 사실인지 의심이 갈 정도다.

——이 집 사람들도 죽었겠지…….

가엽다는 생각도 들었고, 그들이 네피를 저주하며 죽어갔다는 것도 알고는 있다.

하지만 그들의 죽음을 가슴 아파하기에 네피는 그들의 온기를 전혀 몰랐다.

집안을 빙 둘러본다.

집안 풍경이 변하지 않았다는 사실은 알 수 있었지만, 이곳에 불을 켠 사람이 있을 텐데도 발자국조차 남아 있지 않았다.

그렇게 계속 두리번거리다 벽에 걸린 그림에 시선이 멎었다.

마을에는 그림을 그리는 엘프가 한 명 있었고 그가 새로운 아이가 생길 때마다 가족의 그림을 그려서 주었다.

이 집안의 조부대부터 자식의 수만큼 그림이 있는데…….

"내 그림은, 없는 것 같네……."

지금껏 느긋하게 볼 기회가 없어서 알아채지 못했다.

저주 받은 아이의 그림 따위는 장식하고 싶지도 않았고, 그리는 사람도 거절했다는 뜻이리라.

하지만…….

"난 어디서 태어난 걸까……?"

아무리 그래도 이 마을 밖에서 태어나지는 않았겠지만, 그렇다고 보기에는 여기서 네피가 살았던 것이 스스로도 사실인지 의문이 생길 만큼 네피와 관계된 것들은 아무것도 놓여 있지 않았다.

지금까지 막연히 이 집 가족이 자신의 육친이라고 생각했는데, 과연 정말 그랬을까?

자신의 핏줄에게 이 정도로 무관심할 수 있을까.

——아마 부모 자식 간의 유대감 같은 건 존재하지 않겠지.

자간도 철이 들었을 무렵부터 부랑아 생활을 했고, 부모의 얼굴은커녕 자신의 정확한 이름조차 모른다고 했다.

만약 자간의 부모님이 살아 있는데도 그에게 그런 짓을 한 것이라면 과연 거기에 유대감이 있을까.

그런 유대감은 자신에게 있어 가족이, 혹은 가족에게 있어 자신이 특별하다고 여기기 때문에 품게 되는 환상이다.

적어도 네피는 그렇게 생각한다.

——같은 핏줄도 아닌 타인들이 훨씬 더 따뜻했으니까.

자신에게 처음으로 온기를 베풀어준 사람은 처음 보는 타인인 자간이었다.

그런 자신을 친구라 불러준 사람도 만난 지 얼마 되지 않은 샤스틸과 마뉴엘라였다.

그리고 포레라는 '딸'이 생기면서 마침내 네피는 '가족'이라는 것을 실감할 수 있었다.

그 누구도 같은 핏줄이 아니다.

혈연과 정은 아무 상관도 없다.

다만, 문제는 그게 아니다.

——난 내가 누구인지 알아야만 해.

그렇게 생각했을 때였다.

보고 있던 그림이 갑자기 일그러져 보였다.

"엇……?"

깜짝 놀라 소리를 냈을 때는 이미 그림에서 그림자 네 개가 빠져나오고 있었다.

네 명이다.

이곳에 살았던 가족의 모습이라는 것을 금방 알 수 있었다.

——환술?

네피는 날카롭게 주위를 경계했지만 술자의 모습은 찾아볼 수 없었다.

자간이라면 한눈에 마술의 구조부터 마술사가 있는 곳까지 간파했을 테지만 네피의 실력으로는 아직 한참 멀었다. 마술로만 보자면 포레와 고메리 같은 마왕 후보는 말할 것도 없고, 성에서 일하는 마술사들에게도 한참 미치지 못한다.

게다가 마법은 늘 원하는 결과를 만들어주는 힘이 아니다. 이런 상황에서 과연 어디까지 의지할 수 있을지는 미지수였다.

네피 앞에 나타난 환영들은 각각 의자에 앉아 즐겁게 웃었다.

단란한 가족——그런 말이 머릿속에 떠올랐다.

——난 한 번도 본 적 없는 얼굴이네.

그들이 네피에게 보여주는 것은 늘 경멸과 혐오로 가득한 눈빛이었다.

그런 그들이 이렇게 마주 보며 웃는 모습은 상상도 하지 못했다. 아니, 네피는 다른 사람이 웃는 모습 자체를 본 적이 없었다.

"행복해 보여……."

그렇게 중얼거린 순간, 행복한 풍경은 와르르 무너졌다.

그리고 나타난 것은 망자들이었다.

웃는 얼굴은 머리에서 흘러내린 피로 뒤덮였고, 웃음소리를 내던 입으로는 고통과 원한을 토해냈고, 배에서는 장기가 흘러나와 고통에 찬 비명을 지르며 네피의 몸에 달라붙었다.

왜 도와주지 않았지?

죽고 싶지 않았는데.

너도 죽어야 해.

그런 네 망자를 네피는 아무 감흥 없이 바라봤다.

"당신들에게는 나를 원망할 권리가 있겠죠."

그때 네피가 인간들과 싸웠다면 그들은 죽지 않아도 됐을지도 모른다.

그들을 죽도록 내버려뒀다는 사실은 앞으로도 줄곧 짊어지고 살아야 하는 십자가다.

그들이 겪은 고통을 생각하면 가슴이 찢어질 것만 같았다.

조금만 다른 형태로 만났다면 자간의 성이나 큐아노에이데스에 있는 사람들처럼 사이좋게 지내는 미래가 있었을지도 모른다.

혹은 자간과 만나고 난 후의 네피라면 그들과의 관계를 개선할 수 있었을지도 모른다.

“그런데——.”

망자들의 원통해하는 얼굴을 눈꺼풀에 아로새긴 채, 네피는 의연하게 말했다.

“그렇게 괴로웠으면서 왜 서로를 지켜주지 않았나요?”

자간과 포레를 지키기 위해서라면 네피는 목숨을 바쳐 싸울 것이다.

그러다 죽더라도 싸우다 죽었다고 가슴을 펴고 자랑스럽게 말할 수 있을 것이다.

만약 그들을 남겨두고 죽게 된다면 후회하겠지만, 그들을 위해 싸운 것과 그렇게 싸우다 패배한 것을 후회하지는 않을 터.

난 죽어도 이런 망자는 되지 않아.

그렇게 딱 잘라 말하자 망자들의 환영은 유리처럼 깨져서 흩어졌다.

주위가 어둠에 휩싸인다.

환영과 함께 난로의 불도 꺼졌다.

——추워…….

분명 따뜻했던 집안은 망자들의 체온에 의해 온기를 유지하고 있었던 것처럼 지금은 싸늘해졌다. 정말 이 난로에 불이 들어와 있었던 걸까?

어두컴컴한 집 안에서 난로가 있는 방향으로 시선을 던졌지만 그곳에서는 그 어떤 열도 느껴지지 않았다. 물을 끼얹어서 불을 껐다고 해도 땔감의 열기는 남아 있을 텐데.

그제야 자신이 환상을 보고 있었던 게 아닐까 하는 가능성을 떠올렸다.

——홀려서 여기까지 오게 된 건가…….

역시 자간에게 말하고 올걸 그랬다.

그래도 네피는 자신의 선택을 후회하지 않았다.

——아직 술자가 있을 거야.

긴장을 늦추지 않고 주위를 경계하자 어디선가 흐릿한 웃음소리가 울려 퍼졌다.

「크흐흐, 제법 마음이 굳세군.」

그 목소리를 듣는 순간 네피는 소름이 돋았다.

바닥에서 배어 나오듯 그림자 하나가 떠올랐다.

어두컴컴한 데다가 후드를 뒤집어쓰고 있어서 남자인지 여자인지도 모르겠다. 다만 목소리를 들으니 노인이라는 것은 알 수 있었다.

네피는 출구의 위치를 머릿속에 새기며 경계를 늦추지 않았다.

——이 사람은 나보다 훨씬 더 강해……!

기초적인 마술은 배웠다. 이곳이라면 마법도 마음껏 사용할 수 있다. 지금의 네피에게는 네프테로스에게 배운 신령 마법도 있다. 주변을 신경 쓰지 않고 싸우면 마술사들에게도 절대 지지 않을 자신이 있다.

그런데도 상대가 자신보다 위라는 것을 느낄 수 있었다.

——내 멋대로 한 행동이니 반드시 살아서 자간 님에게 돌아가야 해.

그러지 않으면 그분은 분명 책임감을 느끼실 거야.

자기가 옆에 없어서 그런 거라고 스스로를 책망하시겠지.

네피는 자간에게 힘이 되어주고 싶은 것이다. 반대로 그를 괴롭게 하는 일이 있어서는 안 된다.

그러니 부끄럽고 한심하더라도 여기서는 도망쳐서라도 돌아가야만 한다.

그게 지금 이곳에서 네피가 가장 우선시해야 하는 일이다. 거기에 비하면 이 그림자가 무엇인지, 왜 네피를 이곳으로 불러들였는지는 아무래도 상관없는 일이었다.

——그렇지만 맞서 싸우기로 결심했어.

상대가 자신보다 강하다는 이유만으로 도망치면 처음부터 아무것도 하지 않았던 것과 똑같다.

맞서 싸우고 살아서 돌아가자.

그것이 네피가 이뤄내야만 하는 결과다.

우선순위를 명확하게 한 다음 입을 열었다.

"왜 내게 이런 걸 보여준 거예요?"

그림자는 의외라는 듯 입을 열었다.

「……흠. 도망치려고 하지 않는군.」

그림자의 입가가 미소를 짓는 듯한 모양으로 일그러지는 것을 알 수 있었다.

「어땠나? 과거에 자신을 괴롭힌 자들이 벌을 받은 모습은.」

"……최악의 기분이네요."

같은 상대를 두 번이나 죽이는 것과 똑같다.

그래도, 라고 생각했다.

——이곳은 내가 무릎을 굽힐 가치가 있는 곳은 아니야.

네피가 쓰러져도 되는 것은 자간이 허락했을 때뿐이다. 자간의 허락 없이 온 이곳에서 울면서 무너져 내릴 수는 없다.

그림자는 마른 고목 같은 손을 내밀어 자신의 턱 끝을 만졌다.

「흥미롭군. 인생의 반을 부정당하며 자라왔음에도 불구하고 놀랄 만큼 올곧아. 살고자 하는 의지도 강하고. 오만함을 몰라. 신령마법의 편린을 손에 넣지 않았나? 충분히 잘난 척할 수 있을 텐데.」

네피는 입술을 깨물었다.

——전부 다 꿰뚫어 보고 있어…….

네피의 과거뿐만 아니라 얼마 전 선상에서 열린 야회에서 있었던 일까지 다 파악하고 있다. 비프론스만 자신과 자간을 감시하고 있었던 게 아닌 모양이다.

그림자는 자못 감탄하며 말을 이었다.

「호오……. 이런 어중이떠중이들의 죽음을 진심으로 슬퍼하고 있군. 음, 인간의 죽음은 평등하고 쓰레기 같은 악당도 갱생할 가능성이 있다고 믿고 있는 게군. 그 가능성이 사라진 것을 한탄하고 있는 건가. 〈마왕〉의 곁에 있으면서도 이렇게 고귀할 수가.」

마치 마음속을 읽은 듯한 말에 네피는 뒷걸음쳤다.

가슴 앞으로 모아 쥔 손이 보기 흉하게 떨렸다.

"당신은, 도대체……."

쥐어짜는 듯한 목소리로 묻자 그림자는 깜빡 잊고 있었다는 듯 말했다.

「이것 참, 실례가 많았군. 나이가 들면 처음 만나는 사람과 이야기를 나눌 기회가 적어서 말이지.」

그렇게 말하며 그림자로 이루어진 것 같은 후드를 벗었다.

노인의 백발이 흘러내린다.

그 밑에서 나타난 것은 노파의 얼굴이었다. 같은 노파라도 고메리와는 달리 형형한 눈빛. 어둠 속에서 네피를 바라보는 그 눈동자는 네피와 똑같은 파란색이었다.

네피는 숨을 삼켰다.

그 노파의 귀는 네피처럼 끝이 뾰족했다.

——이분은, 설마…….

숨을 삼키는 네피에게 노파가 말했다.

「난——이 마을과 인연이 있는 사람이네.」

그 말을 다 듣기도 전에 네피는 공격을 시작했다.

이 노파는 너무 위험하다.

이 사람에 비하면 비프론스가 그나마 우호적이었다.

——부탁이니까 대답해줘, 숲의 정령들!

주위에 있는 숲은 마을 밑으로도 뿌리를 내리고 있다. 네피가 부르면 실내에 있더라도 응답해줄 것이다.

그 직후, 나무뿌리가 바닥을 뚫고 튀어나왔다.

네피가 발동시킨 것은 마법이었다.

마술은 아직 실력이 부족하고 신령 마법은 노래를 불러야만 그 힘을 행사할 수 있다. 적이 눈앞에 있는 상황에서 사용하기에는 너무 늦다.

하지만 나무뿌리는 아무것도 잡지 못했다.

"없어……?"

노파——오리아스의 모습은 마치 아지랑이처럼 흔들리더니 사라졌다.

——실체가, 아니었어……?

대지는 아직도 네피의 뜻에 따라 주변을 살폈지지만 오라아스를 찾아내지는 못했다.

——위협은 사라진 걸까……?

하지만 결국 네피는 어떤 공격도 받지 않았다.

분명 힘은 그쪽이 압도적으로 위였는데 이게 어떻게 된 일일까. 오리아스의 목적은 무엇이었을까.

그렇지만 오리아스가 떠났다면 여기서 네피가 할 수 있는 일은 아무것도 없다.

"약한 자신을 극복하는 데 성공한 걸까……?"

맞서기는 했지만 상대로부터 아무 반응도 끌어내지 못했다고 할까, 힘껏 잡아당긴 밧줄이 도중에 끊어졌다고 할까, 달성감을 얻기는커녕 김이 빠지는 느낌이었다.

한동안 멍하게 있다가 이윽고 정신을 차렸다.

"그래. 자간 님께 보고 드려야 해……."

제멋대로 행동한 일도 포함해서 오리아스에 대해 자간에게 알려야 한다.

촌장의 저택으로 돌아가려고 하는데 누군가의 웃음소리가 들린 것 같았다.

낮고 음침한, 불쾌한 웃음소리.

그 웃음소리는 그리 크지 않았지만 마치 머릿속에서 메아리치는 것 같았다. 뒤이어 눈앞이 기이하게 일그러졌다.

하지만 주위에서는 아무 기척도 느껴지지 않았다. 네피는 뒷걸음쳤다.

——물러나야 할 때……인가.

이대로 집과 함께 통째로 땅속으로 끌어당겨 찌부러뜨릴 수도 있지만, 그렇게 한다고 웃음소리가 사라질지는 의문이었다. 게다가 자간이 찾고 있는 것이 이곳에 있을 가능성도 있다. 위험성이 더 크다.

그렇다고 따로 네피가 할 수 있는 일이 있는 것도 아니다.

네피는 주위를 경계하면서 천천히 집 밖으로 나갔다.

웃음소리는 집에서 나가자마자 뚝 끊어졌다.

——정말 뭐였을까……?

처음에는 현기증이 일었지만 지금은 아무렇지도 않다.

석연치 않은 기분으로 저택으로 돌아가려던 네피가 갑자기 중얼거렸다.

"어, 어라……?"

다리가 엉킨다.

이상하게 똑바로 걸을 수가 없었다.

서서 달리고 있는 건지 땅을 기고 있는 건지조차 애매하다.

——몸이, 말을, 듣지 않아……?

다시 생각해봐도 역시 공격을 받은 느낌은 전혀 받지 못했다.

하지만 눈치채지 못한 사이에 무슨 일인가 당했을 수도 있다.

그래도 네피는 차가운 밤이 내려앉은 마을을 걸어 촌장의 저택에 도착했다.

"자간……님……."

추위 때문에 혀가 제대로 돌아가지 않는다.

손잡이를 돌리려고 손을 뻗었지만 이상하게 손이 닿지 않았다. 가만히 보니 손은 소맷부리 안에 쏙 들어가 있고 부츠도 커져서 헐렁거렸다.

——몸이, 이상해?

자신의 몸에 무슨 일이 일어난 건지 이해할 수 없었다.

그래도 열심히 문을 두드렸다.

"자간 님……."

그 목소리가 들렸는지 문은 1초도 되지 않아 열렸다.

"네피!"

자간이었다.

그는 네피를 안으려고 손을 뻗었다가 눈을 커다랗게 뜨며 그대로 굳어버렸다.

"네피……맞아? 그 모습은 도대체……."

"에……?"

새삼 자신의 몸을 내려다봤다.

옷은 소매가 남아돌고 원피스도 바닥에 닿을 만큼 길어져 있다. 부츠는 마치 양동이에 발을 집어넣고 있는 것 같은 느낌이었다.

얼굴을 만져봤다.

얼마나 부드럽고 탱탱한지 볼을 잡아당기면 쭉 늘어날 것 같았다. 혀가 잘 돌아가지 않는 입 안은 아직 이가 다 나지 않은 것 같았다.

그런 모습을 확인하고 나서야 네피도 자각했다.

네피의 모습은 작은 아이로 변해 있었던 것이다.

"——그래서 돌아왔더니 이렇게 되어 있었다?"

작아진 네피의 뺨을 쿡 찔러보려는 발바로스를 자간은 매섭게 쳐냈다.

시간은 아직 심야.

네피의 모습이 보이지 않는다는 사실을 안 자간은 그 즉시 밖으로 나가보려 했는데, 바로 그때 몰라보게 변한 모습의 네피가 돌아온 것이다.

자간은 바로 모두를 저택 거실로 집합시켰다. 저녁에 식사를 한 장소이기도 하다.

그곳에는 이미 자간과 작아진 네피, 포레와 샤스틸, 그리고 네프테로스, 마지막으로 발바로스, 이렇게 여섯 명이 모여 있었다.

고메리와 키메리에스는 없다. 그들은 네피가 간 곳으로 보이는 집을 찾으러 갔다. 나이를 조작할 수 있는 마술이라면 고메리의 특기 분야고, 키메리에스는 냄새로 술자의 뒤를 쫓을 수 있기 때문이다.

무슨 일이 생기면 즉시 알 수 있도록 창문을 열어둬서 모습을 볼 수 있게 해두기는 했다.

자간은 자신의 무릎 위를 바라봤다.

무릎 위에서는 작은 네피가 새근거리며 잠들어 있었다.

늘 입는 시녀복은 너무 커서 입을 수 없어져 저택에 남아 있던 아동복을 입혔다. 낡았지만 옷깃과 치맛자락이 레이스로 장식된 귀여운 옷이다. 평상복이 아니라 정장 같은 물건일지도 모른다.

그런 네피의 머리를 포레가 열심히 쓰다듬어주고 있었다.

대충 보기에 예닐곱 살 정도, 어린아이의 나이를 가늠하는 게 쉬운 일은 아니지만 열 살도 되지 않는 어린아이인 것은 확실했다. 포레보다 더 어릴 것이다.

네피는 한동안 열심히 말을 하려 했지만 추위 탓인지 혀가 제대로 돌아가지 않아서 반 정도는 무슨 말인지 알아들을 수 없었다.

그리고 이야기를 하느라 지쳤는지 그대로 잠들어버렸다.

자간은 험악한 표정으로 메모지를 꺼냈다.

"네피의 방에 이런 메모가 있었다. '제가 살던 집에 불빛이 보여서 알아보러 갔다 올게요'라고."

메모지를 집어 든 발바로스가 의아한 표정을 지었다.

"왜 혼자 간 거지? 무슨 일을 하든 꼬박꼬박 자간에게 물어보고 하는 녀석 아니었냐?"

의외지만 발바로스도 네피에 대해서 어느 정도 알고 있는 것 같았다.

그런 발바로스의 손에서 샤스틸이 메모지를 빼앗아 들었다.

"당신은 정말 섬세함이라곤 찾아볼 수 없는 남자야. 자신의 집, 그것도 싫은 기억만 있는 곳이라고. 친한 사람에게는 보여주고 싶지 않은 그 마음을 모르겠어?"

"내가 그딴 걸 어떻게 아냐?"

곤혹스러워하는 발바로스를 샤스틸이 노려봤지만 효과는 별로

없는 것 같다.

——역시 옆에 있어야 했어.

네피 나름대로 고민 끝에 한 행동일 테고, 그 결단을 긍정해주고 싶은 마음도 있지만 그래도 함께 고민해주고 싶었다.

복잡한 표정을 짓고 있자 포레가 불안해하며 올려다봤다.

"자간, 네피는 원래대로 돌아올 수 있어?"

"돌아오게 만들어야지."

바로 대답했지만 돌아올 거라고 단언하지는 못했다.

그 위화감은 숨기지 못했던 모양이다. 발바로스가 미간을 찌푸렸다.

"돌아오게 만들 거라니……, 그게 뭐야? 너도 깨지 못하는 마술이냐?"

"……**마술이 아니야.**"

"뭐?"

그게 바로 자간이 심각한 표정을 짓고 있는 이유였다.

"네피가 이런 모습으로 변한 건 마술이 아니야. 마법, 혹은 아주 오래된 용이나 신들의 저주 같은 거다."

즉 그 어떤 마술도 무효화시키는 〈마술사 킬러〉 자간이라도 쉽게 깨지 못한다는 뜻이다.

포레는 새근거리는 소리를 내며 조용히 잠든 네피의 얼굴을 어루만졌다.

"용의 저주는 아니야. 좀 더 다른 무언가. 무척 강력한 힘."

아직 어리지만 용인 포레도 깨부수지 못하는 힘인 것 같다.

"——마법인 것 같아."

대답한 사람은 네프테로스였다.

"확실한가?"

"반드시 그렇다고 할 수는 없지만 나와 가까운 힘인 것은 확실해. ……단, 이 마을은 물론이고 현존하는 하이 엘프는 나와 네피 정도밖에 없을 텐데."

있을 리 없는 힘이라는 말이다.

"깰 수는 없나?"

"……힘들 거야. 비프론스 님에게 배운 것 중에는 없는 부류의 '마법'이거든. 비프론스 님이라면 뭔가 알 수도 있지만……."

네프테로스는 말을 흐렸지만 그 표정은 '그만두는 게 좋아'라고 웅변하고 있었다.

——하긴, 그 녀석에게 빚이라도 졌다간 어떤 귀찮은 일이 생길지 짐작도 가지 않으니까.

조사라는 핑계를 대고 네피를 납치해 갈지도 모른다.

네프테로스는 어쩔 수 없다는 듯 고개를 끄덕였다.

"시간은 걸리겠지만 할 수 있는 만큼 알아볼게. ……굳이 따지자면 그 녀석, ……고메리가 전문일 것 같지만."

나이를 바꾸는 것이 고메리의 마술이다. 물어볼 가치는 있다.

자간은 뜻밖이라는 심정으로 네프테로스를 쳐다봤다.

"……? 왜 그래?"

"음. 네가 네피에게 협력해주는 게 조금 의외라서."

네프테로스의 귀가 새빨갛게 물들었다.

"따, 딱히 이 애를 위해서 하는 일이 아니야. 당신에게 빚진 것도 있고, 무엇보다 여기서 돌아가려면 당신의 기분을 상하게 해서는 안 되잖아?"

네프테로스의 말을 들은 발바로스가 어이가 없다는 듯이 중얼거렸다.

"너 꽤 귀찮은 녀석이구나."

"……무슨 말이 하고 싶은 거지?"

네프테로스가 가만히 노려보자 발바로스는 어깨를 으쓱였다.

그러자 이번에는 샤스틸이 어깨를 툭 쳤다. 동지라도 만난 것처럼 눈동자를 반짝였다.

"그 심정 나도 알아!"

"이 남자가 너무 짜증나서 죽이고 싶다는 거?"

"그 마음도 알지만, 너도 속은 따뜻한 사람이라는 거!"

"무……, 무, 무슨……."

귀를 새빨갛게 물들이며 부들부들 떠는 네프테로스.

제법 많이 동요했는지 평소처럼 냉정하게 대꾸하지도 못했다.

"너희들, 도대체 왜 나한테 그렇게 살의를 품고 있는 거냐? 이래 봬도 제법 많이 도와주고 있잖아."

발바로스가 서글프게 말했지만 지금은 상관없는 이야기다.

——그래. 네프테로스도 샤스틸과 거의 동류나 다름없지.

지금은 샤스틸 같은 덜렁거리는 모습을 보이지 않지만, 고메리에게 농락당하는 모습은 울먹이는 얼굴의 샤스틸과 통하는 점이 있었다.

자신도 그 사실을 자각한 걸까.

새파랗게 질려서 뒤로 물러나더니 이성을 잃은 듯 머리를 흔들었다.

"난 당신처럼 괴롭힘 당하면서 좋아하는 성벽 따윈 없어!"

"……그 말은 좀 심하지 않아?"

모처럼 내보인 우정이 매섭게 거절당하자 샤스틸은 노골적으로 풀 죽은 표정을 지으며 눈물을 글썽였다.

그러는 동안에 네피의 집에 갔던 고메리와 키메리에스가 돌아왔다.

전투를 염두에 두었던 탓에 고메리는 미녀의 모습, 키메리에스는 사자의 모습으로 돌아와 있었다.

"돌아왔어, 나의 〈마왕〉."

"……어땠지?"

거실로 돌아온 고메리와 키메리에스에게 물어보자 두 사람은 고개를 가로저었다.

"어떤 **힘**을 사용한 흔적은 있었어. 하지만 술자는 이미 사라지고 없더군."

"'냄새'도 사라지고 없어서 저 역시 추적하는 데는 실패했습니다. 죄송합니다."

상대는 네피가 꼼짝 없이 어린아이가 되도록 만든 사람이다. 어쩔 수 없는 일이기는 하다.

자간은 한숨이 나오려는 것을 꾹 참고 두 사람에게 치하의 말을 건넸다.

“수고 많았다. 두 사람에게는 내일부터 부탁하고 싶은 일이 있으니까 그만 가서 쉬어.”

“음…….”

고개를 끄덕이면서도 커다란 낫을 고쳐 짊어지고 고민스러운 표정을 짓는 건 고메리였다.

“뭔가 마음에 걸리는 거라도 있나, 고메리?”

“……조금. 그곳에서 사용된 힘의 흔적 말인데, 아무래도 어딘가에서 본 적이 있는 것 같단 말이지.”

“정말인가?”

“본 적 있는 것 같다는 느낌 정도다. 정체는 모르겠지만…….”

그래도 뭔가 마음에 짚이는 것이라도 있는 모양이다.

고메리는 머리를 흔들며 말했다.

“생각나면 보고하도록 하지. 너무 기대하진 말게.”

“아니, 믿고 있으마.”

고메리의 마술이라면 저주 자체는 깨지 못하더라도 네피의 치료에는 도움이 될지도 모른다.

그렇게 대답하자 고메리와 키메리에스의 눈이 휘둥그레졌다.

“크흐흐, 사람에게 의욕을 심어주는 데 아주 능숙하군그래. 〈마왕〉이 믿고 부탁한다니 나도 대충 할 수는 없지.”

"저도 최선을 다하겠습니다."

그런 두 사람을 네프테로스가 의외라는 듯 바라봤다.

"믿고……있어?"

선망이 묻어나는 목소리였다.

이것이 바로 믿고 의지한다는 행위라는 사실을 알게 된 시기는 최근인데, 그러기 위해서는 성의라는 것을 보여줘야 한다.

그래서 자간은 네프테로스에게도 같은 말을 했다.

"너도 믿고 있다, 네프테로스. 여기서 마법에 대해 아는 사람은 너밖에 없어."

"——혀, 협력은 하겠다고 했잖아."

네프테로스는 고개를 돌렸지만 그 귀는 기쁜 듯 움찔움찔 떨리고 있었다.

——어떤 바보 녀석인지는 모르겠지만 네피에게 손을 댄 걸 죽을 만큼 후회하게 만들어주지.

때때로 분노는 원동력이 되기도 한다.

분노로 부글부글 끓고 있는 자간은 과거 그 어느 때보다 의욕으로 넘쳤다.

하지만 역시 사태는 좋지 않은 방향으로 흘러갔다.

◇

"짜간 님! 이게 뭐예요?"

마을 밖. 숲 속에서 동면 중인 개구를 파내서 들고 온 네피는 눈을 반짝이며 물었다.

"이건 개구리라는 생물이다. 일단 이것도 먹을 수 있는 것이란다. 굶주렸을 때 비상식량 정도는 되지."

"머, 먹는 건 너무 불쌍해요!"

"굶주렸을 때 그렇다는 말이다. 아직 동면 중인 것 같으니 원래 있던 곳에 묻어주고 오도록 해."

"동면……?"

"이런 종류의 생물들은 식량이 부족한 겨울을 잠을 자면서 지낸단다."

"짜간 님은 정말 대단해요! 뭐든 알고 계시잖아요!"

"……꼭 그런 건 아니다만."

다음 날 아침, 눈을 뜬 네피는 속까지 외모와 같은 나이로 퇴행해 있었다. 정신까지 육체의 영향을 받게 된 것 같았다. 기억도 최근 것부터 점점 모호하게 변해갔다.

아침에는 어제 저녁에 무슨 일이 있었는지 조금도 기억하지 못했다.

그렇지만 자간을 비롯한 다른 사람들까지 잊어버린 것은 아닌지 이렇게 잘 따라주었다.

포레가 그런 네피의 곁에 있었다.

"네피, 묻어주러 가자."

"네, 뽀레 언니!"

작은 네피는 포레의 뒤를 아장아장 따라갔다. 나이가 비슷해서 친근감을 느끼는 모양이다.

포레도 '언니'라고 불리는 게 영 싫지만은 않은지 네피의 손을 잡고 여기저기 데리고 다녔다.

자간은 나무 그늘에서 책을 읽으며 그런 두 사람을 지켜봤다.

사태의 심각함과는 정반대로 마치 가족끼리 소풍이라도 온 것 같은 광경이었다.

——일단 네피 본인이 비관적이지 않은 건 다행이야.

자간을 비롯한 다른 사람들까지 다 잊어버렸다면 지금처럼 뛰어다니지 못했을 것이다.

뒤를 힐끔 돌아봤다.

날이 밝자마자 다른 사람들은 마을을 조사하기 시작했다.

네피의 몸에 무슨 일이 일어날지 모르기 때문에 자간과 포레는 네피 옆에 붙어 있기로 했지만.

눈 밑에 다크 서클을 달고 말과 행동 모두 한없이 최악인 발바로스. 다시 노파의 모습으로 돌아와 요사스러운 분위기를 풍기고 있는 고메리. 웬만한 짐승은 한 번 노려보기만 해도 절명시킬 것 같은 사자의 형상을 한 키메리에스. 처음 보는 사람의 눈에는 마냥 째려보는 것처럼 보이는 네프테로스. 자간은 말할 것도 없고 하나같이 어린아이가 좋아할 만한 인상은 아니다.

그나마 마음을 허락할 수 있는 사람은 덜렁이 샤스틸 정도였다.

이런 환경에 있으면 대부분의 아이들은 정신이 비뚤어진다.

자간이 동료들의 모습을 바라보고 있자 그 시선을 느꼈는지 할 일이 없어 지루한 샤스틸이 다가왔다.

"그쪽은 어때, 자간."

"네피에게는 포레가 붙어 있어. **이쪽**은 아직 이렇다 할 수확은 없고."

물론 자간도 아이만 돌보고 있는 건 아니다.

자간의 옆에는 저택에서 찾아낸 일지가 다발로 쌓여 있었다. 대대로 이어져온 촌장들의 일지다.

샤스틸이 감탄한 듯 중얼거렸다.

"엘프의 문자도 읽을 줄 알다니."

"신령 언어라면 몰라도 일반적인 엘프의 말이라면 대충은 알지."

그리고 책에서 시선을 떼지 않고 샤스틸에게 물었다.

"넌 저쪽에 안 가도 괜찮아?"

"미안하지만, 역시 난 엘프나 마술의 지식에 대한 건 당신들에게 한참 미치지 못해. 차라리 네피의 호위를 맡는 게 도움이 될 것 같아."

평소 보이는 맹한 모습이 마치 거짓말인 것처럼 샤스틸은 늠름한 태도로 대답했다.

그리고 고개를 숙이며 물었다.

"엘프의 일지에 실마리가 될 만한 게 있어?"

"글쎄. 지금 찾고 있는 건 마을을 나간 자나 마술에 경도되어 있던 이단자에 대한 기술이다. 숨겨진 엘프의 마을이 흔한 건 아니잖아. 굳이 이곳에서 손을 댔으니 이 마을과 관계가 있는 사람이라고 생각하는 게 자연스럽겠지."

네프테로스와 고메리의 말을 들었을 때 범인이 엘프라는 것은 확실하다.

샤스틸의 표정이 복잡해졌다.

"그건 알지만 그런 기술을 찾아서 뭘 어쩌려고 그러는 거야?"

"인간 세계에서 엘프가 살아가는 방법은 한정되어 있어. 마을을 떠나게 되면 어떤 형태든 마술과 관계를 맺지 않을 수 없지. 그렇다면 범인을 찾아내는 것도 그리 어렵운 일이 아니야."

네피가 산 제물로 경매장에서 거래되었던 것만 봐도 알 수 있듯이, 많은 사람들과 마술사들이 엘프를 노리고 있다.

자신의 몸을 지키기 위해서는 역시 그 높은 마력을 사용해서 마술을 습득하는 수밖에 없다.

그리고 마술과 관련되어 있다면 〈마왕〉인 자간은 반드시 그자를 추적할 수 있을 것이다.

즉, 범인을 찾아내려면 이것이 제일 큰 단서였다.

일단 가장 최근의 것부터 순서대로 찾아보고 있긴 한데…….

"왜 그래? 표정이 안 좋은 것 같은데."

"음……."

자간은 다시 페이지를 휙휙 넘기더니 의아한 목소리로 말했다.

"이 일지에는 네피에 대해 아무것도 적혀 있지 않아."

샤스틸의 눈이 동그래졌다.

"네피가 태어나기 전의 일지인 거 아냐?"

"아니야. 이 일지는 인간들이 침입했다는 기술로 끝난다. 이 마을이 멸망할 때 급하게 휘갈겨 쓴 것이겠지. 거기에 네피가 없었을 리 없어.”

그럼에도 불구하고 여기에는 아무것도 적혀 있지 않았다.

샤스틸이 음 하고 고민하며 말했다.

“저기, 네피는 이 마을에서 저주 받은 아이라고 불리며 모두에게 기피 당했잖아? 그렇다면 무시당했다……라고 생각할 수 있지 않을까?”

“나라면 그렇게 위험한 아이가 있으면 철저하게 감시했을 거다. 네피가 힘을 가지고 있다는 사실은 그 녀석들도 알고 있었을 테니까. 마지막에 놈들이 매달린 건 네피였잖아?”

그렇게 이야기하자 샤스틸도 납득한 듯 고개를 끄덕였다.

“하긴 위험한 아이라고 인식하고 있다면 모든 행동을 철저하게 관찰하려고 했겠지. ……네피가 그런 취급을 받아왔다는 건 생각하고 싶지도 않지만.”

생각을 정리하듯 중얼거린 샤스틸은 뭔가 떠오른 것 같은 표정을 지었다.

“혹시 네피를 관찰한 내용만 따로 모아둔 일지 같은 게 있지 않을까? 아무리 엘프라도 여럿이 모이면 서로를 의심하거나 차별의식에 사로잡히기도 했을 거 아냐? 사람이라는 건 원래 그런 생물이니까. 다른 주민의 눈에 띄지 않도록 해두었을 수도 있어.”

아주 똑 부러지는 대답이 돌아오자 자간은 입을 쩍 벌렸다.

“……? 왜 그래?”

“아니, 너도 제대로 된 말을 할 때도 있구나 싶어서.”

솔직한 감상을 이야기하자 샤스틸의 얼굴이 충격을 받은 것처럼 굳었다.

“도대체 날 어떻게 생각하고 있는 거야?”

“평소 네가 어떤지 돌아보고 말해.”

“그냥 공사 구분을 확실하게 하는 것뿐이야. 지금은 공생파의 필두 성기사로서 〈마왕〉에게 협력해야 한다고 판단한 거고.”

자간은 머리를 싸매고 싶어졌다.

——즉, 이 녀석은 성기사로서는 상당히 유능한데 사생활에서는 맹한 건가?

생각해보니 자간에게 처음 검을 겨누었을 때는 제법 늠름했고 사려 깊은 면도 있었다. 그때는 성기사의 임무로서 자간을 향해 검을 휘둘렀을 것이다.

그러나 마을에서 네피와 재회했을 때는 맹하고 덜렁대는 모습 그 자체였다. 시각은 밤이라 성기사의 직무를 끝낸 개인적인 시간이었다고 한다.

그 후, 자간과 만날 때는 언제나 성기사의 직무와는 상관없는 시간이었다. 그렇게 해서 그녀의 덜렁이라는 이미지가 공고해진 것이다.

이 정도로 명확한 전환이 가능하다는 건 경탄할 정도이지만, 왜 그걸 조금 더 능숙하게 사용하지 못하는 걸까.

그런 점이 역시 샤스틸답다는 느낌인데, 여기서 그녀가 도움이 된 것은 기쁜 오산이었다.

자간은 책에서 고개를 들고 말했다.

"그러면 한 가지 부탁이 있어. 촌장의 저택에서 엘프의 책을 전부 다 가지고 와줘. 이런 문자로 쓰여 있는 것이라면 뭐든 좋으니까."

"그중에서도 찾기 어려운 곳에 숨겨둔 것이면 더 좋겠지."

"바로 그거야. 역시 똑똑해, 샤스틸."

"그, 그런가……. 에헤헤……."

한순간 얼굴이 풀어지는가 싶었지만 금방 다시 기사의 얼굴로 돌아온 샤스틸은 서둘러 촌장의 저택으로 달려갔다.

——저 녀석이 이렇게 듬직하게 느껴질 줄이야……. 이 마을, 점점 더 수상한 느낌이 들기 시작했어.

정체를 알 수 없는 이변이 일어나고 있는 듯한 기분이다.

하지만 샤스틸이 덜렁이라는 별명을 반납하면서까지 열심히 일하고 있는데 자신만 놀고 있을 수는 없다. 자간은 산더미처럼 쌓인 일지를 쭉 훑어나갔다.

그렇게 대충 50년 분량의 일지를 훑어봤지만 역시 네피의 이름은 등장조차 하지 않았다.

의아해하고 있는데 뭔가가 머리에 슥 내려앉았다.

"에헤헤……."

고개를 들어보니 작은 네피가 얼굴 가득 환한 미소를 짓고 서 있었다.

——왜 넌 그런 모습이 되었는데도 그렇게 사랑스러운 거냐!

보기만 해도 치유가 되는 듯한 미소다.

오히려 어린아이가 되면서 고상함이라는 굴레가 벗겨진 것 같은 느낌까지 든다.

치솟는 보호 본능을 제어할 수가 없었다.

"와아, 높다, 높아!"

……보호 본능이 치솟다 못해 자신의 의지와는 상관없이 목말을 태워주었다.

"자간, 나도!"

"에잇, 그래!"

그 모습을 본 포레까지 두 손을 뻗고 졸라서 네피를 왼쪽 어깨에 태우고 포레를 오른쪽 어깨에 태웠다.

그리고 그대로 두 사람을 태운 채 광장을 한 바퀴 빙 달린다.

다른 집을 조사하고 있던 키메리에스가 어쩐지 같이 달리고 싶다는 얼굴로 이쪽을 보고 있었지만 그건 참아주었으면 좋겠다.

"재미있었어."

"맞아요, 뽀레 언니!"

포레가 만족스럽게 한숨을 흘리자 네피도 그 옆에서 폴짝폴짝 뛰었다.

그러더니 웃는 얼굴로 말했다.

"짜간 님, 뽀레 언니랑 같이 화관을 만들었어! 짜간 님에게 줄게. 짜간 님은 '마왕'이니까."

"어, 어어……."

네피가 이런 반응을 보이는 건 처음 있는 일이다. 자간도 당황한 목소리로 대답했지만, 꽃이 시들거나 떨어지지 않도록 마술 보호막을 씌워주었다.

그런 자간을 작은 네피가 걱정스럽게 올려다봤다.

"짜간 님, 이제 기운이 생겼어요?"

"내가 기운이 없는 것처럼 보였어?"

"네. 짜간 님이 생각을 하고 있을 때나 기운이 넘칠 때는 즐거워 보이는데 아까는 힘든 얼굴을 하고 있었어요."

그야 물론 사랑하는 소녀가 이런 모습을 하고 있으니 웃고 있는 건 무리다.

네피는 그 작은 두 손으로 자간의 뺨을 감쌌다.

"이건 기운이 나는 주문이에요."

그러더니 콩 하고 이마를 맞대고 문질렀다.

예전에 자간이 네피에게 해주려다가 실패했던 것이다.

——역시 이 아이는 네피가 맞아…….

작게 변했어도, 기억이 흐릿해졌어도, 성격까지 천진난만한 아이가 되었어도 역시 네피는 네피다.

그래서 자간도 네피의 머리를 쓰다듬어주었다.

"좋은 마술이구나. 기운이 나기 시작했어."

"정말이에요? 에헤헤……."

수줍어하는 미소를 보고 자간은 생각했다.

——어린 네피는 참 잘 웃는구나…….

거절당하는 것을 모르는 순진무구한 소녀 그 자체다.

어쩌면 네피는 원래 잘 웃는 소녀였는지도 모른다.

그런데 이 마을에서 일어난 사건을 계기로 지금처럼 딱딱한 표정을 짓게 된 것이다. 이런 모습으로 변하고 나서야 미소를 되찾았다고 생각하니 복잡한 기분이 들기는 하지만.

네피가 만들어준 화관을 만져봤다.

그의 머리에 씌워진 것은 예쁜 보라색 꽃으로 만들어진 왕관이었다.

"이런 계절에도 꽃은 피는군."

큐아노에이데스에서도 겨울 채비를 시작할 계절이다. 북쪽 대지인 이곳은 이미 눈이 내리고 있는 곳도 있다.

그런데도 아직도 피는 꽃이 있다는 사실은 조금 놀라웠다.

네피의 옆에서 포레가 고개를 옆으로 흔들었다.

"그건 제비꽃. 지금 계절에 피는 꽃이 아니야."

"……그게 무슨 말이지?"

자간이 의아해하며 묻자 포레는 대답 대신 허공에 있는 한 점을 가리켰다.

그곳에는 나풀나풀 춤추는 나비가 무리를 이루고 있었다.

그 모습에 자간도 자리에서 일어나 경악스러운 표정을 지을 수밖에 없었다.

"이 추위에, 나비라고?"

나비는 요정에 가까운 종족이기 때문에 그 날개가 마술의 촉매제로 이용되는 일도 많다. 그래서 자간도 알고 있었다.

나비라는 생물은 대부분의 계절에 살 수 있지만 겨울에는 살지 못한다.

한 마리 정도라면 어떤 착오로 인해 깨어난 건지도 모르지만, 무리를 이루고 있다면 이야기는 달라진다. 현재 기온이 나비가 부화할 수 있을 만큼 따뜻하다는 뜻이 된다.

포레도 당혹스러운 표정으로 고개를 끄덕였다.

그리고 깨달았다.

어제 저녁만 해도 인기척만 없을 뿐, 심하게 황폐하지는 않았던 집들이 이끼와 덩굴로 뒤덮여 폐허처럼 변해 있다는 것을.

땅에는 갖가지 꽃들이 흐드러지게 피어 있고, 벌들은 꿀을 찾아 여기저기 날아다니고, 뺨을 어루만지는 바람에서는 봄기운이 느껴진다.

자간이 네피와 포레를 지켜보며 독서를 시작했을 무렵에는 이런 변화가 일어나지 않았다.

포레는 날카롭고 경계심 어린 목소리로 이렇게 말했다.

"이곳은 기후가 이상해. ……아니, 시간의 흐름이 이상해. 어서 나가는 게 좋아."

◇

이변을 깨달은 자간은 다른 사람들을 모두 불러 모았다.

네프테로스와 발바로스, 그리고 인간의 모습을 하고 있는 키메리에스와 미녀 모습의 고메리. 역시 노파의 모습으로 찾으면 허리에 무리가 오는 모양이다.

저택 쪽을 맡긴 샤스틸은 아직 돌아오지 않았다. 이제 막 찾아

보기 시작해서 그런 것도 있겠지만, 발바로스의 말에 따르면 뭔가 신경 쓰이는 물건이라도 발견한 것 같다고 한다. 일단 **그림자**는 이어져 있으니 억지로 불러들이지 않아도 괜찮을 거라고 했다.

자간이 먼저 깨달았어야 했다.

——마술에 대한 저항력이 강한 하이 엘프인 네피가 어린아이로 변했다. 별일 아닐 리 없었다.

이곳에 있으면 그들도 어떤 영향을 받게 될지 모른다.

그런데도 자간은 포레의 지적을 받기 전까지는 이상을 알아차리지 못했다.

땅을 만져봤다.

이러고 있는 지금도 새로운 싹이 흙을 밀어내고 쑥쑥 고개를 내밀고 있었다. 저녁이 되면 이 부근도 잡초로 뒤덮일 것이다.

거기에서 마력의 흐름은 느껴졌지만 마술처럼 '만들어진 것'은 아니었다. 명확하게 부자연스러워야 하는데도 대지가 오랜 세월 동안 그렇게 변해온 것 같은 자연스러움. 자연스럽게 만들어진 숲이라도 보고 있는 것 같은 기분이다.

마술을 파괴하는 게 특기인 자간에게 있어선 맹점인 결계였다.

"이것도 마법인가. ……골치 아프게 됐군. 일단 이곳을 떠나야겠지?"

만약 이 땅에 쳐진 결계가 네피가 아이로 변한 원인이라면 이곳을 떠나면 다시 원래대로 돌아올 가능성도 있다.

원래대로 돌아오지 못하더라도 부하들만이라도 피난시켜야만 한다.

자간의 말에 고메리가 커다란 낫을 다시 짊어지며 고개를 흔들었다.

“아니, 아마 무리일 거다. 이 마을은 이미 결계로 뒤덮여 있어. 〈연옥〉이라면 빠져나갈 수 있을지도 모르지만.”

“사실이냐?”

자간이 되묻자 발바로스는 어깨를 으쓱였다.

“뭐, 나 혼자는 빠져나갈 수 있겠지만 **짐**을 들고 오가는 건 좀 힘들지.”

이미 시험해봤는지 발바로스는 짐짓 강한 척 콧방귀를 뀌었다.

——발바로스도 우리를 데리고 탈출하는 건 힘들다는 건가.

뒤이어 키메리에스의 사자 얼굴이 복잡하게 일그러졌다.

“냄새가 갇혀 있는 것 같은 느낌입니다. 아마 밖으로 나가려 해도 다시 같은 곳으로 돌아오게 될 겁니다.”

“내 〈발로르의 마안〉으로도 깨지 못한다. 아마 월 포레의 입김도 마찬가지일 게야.”

고메리에게는 눈동자에 비친 것을 먼지로 바꿀 수 있는 마안이 있다. 마술과는 다른 마인족 특유의 능력으로 굳이 따지자면 마법에 가까운 힘이다.

그리고 마술이 아니라면 자간의 ‘마술 먹어치우기’로는 파괴하지 못한다는 뜻이 된다.

즉——,

“우린 이 마을에 갇혔다는 뜻인가.”

자신들이 처한 상황을 깨닫자 모두 침묵에 잠겼다.

아무것도 모르는 네피 혼자만 이상하다는 듯이 고개를 갸웃거렸다.

"……어떻게 할 거냐, 자간."

자간은 발바로스의 질문에 대답하는 대신 다시 땅에 손을 대고 마력의 흐름을 찾아봤다.

——복잡하지만 그럭저럭 흐름은 읽을 수 있겠어.

아마 '빈틈'도 있을 것이다. 발바로스가 자기 혼자라면 빠져나갈 수 있다고 했던 것도 그 틈을 이용하는 것이리라.

그 사실을 확인한 자간은 발바로스에게 물었다.

"그런데 발바로스, 오늘 아침에 뭘 먹었는지 기억하고 있나?"

"뭐? 갑자기 무슨 말을……."

갑자기 화제가 바뀌자 발바로스는 화를 내며 소리를 쳤지만 자간이 진지한 표정을 짓고 있는 것을 보더니 생각해보기 시작했다.

"어제 먹고 남은 스프와 빵, 그리고 야채 샐러드 아니야? 그게 뭐 어쨌다는 거냐."

"그럼 키메리에스, 어제 저녁, 네피가 이런 모습으로 변하고 난 후에 있었던 일을 이야기할 수 있겠나?"

뒤이어 키메리에스에게 묻자 그 역시 사자 얼굴을 의아한 듯 찌푸리며 대답했다.

"자간 님께서는 저와 고메리 씨에게 네피 씨의 집을 조사하라고 말씀하셨습니다. 전 냄새를 잘 맡기 때문이고, 고메리 씨는 육체의 나이를 조작하는 마술에 정통하기 때문이죠. 그리고 이상한 것을 발견하면 교전하지 말고 그 즉시 돌아오라고 하셨습니다."

마지막으로 포레에게 물었다.

"포레. 이곳에 오기 전, 키메리에스와 함께 화단을 만졌지. 그때 뭘 캐냈어?"

"……? 맨드레이크. 간식으로 만들면 맛있고 마력도 강하게 만들어주기 때문에 키메리랑 같이 키웠어."

"그래. 다음에는 흙도 좋은 걸 써서 키워보자."

"응."

사랑하는 딸의 머리를 쓰다듬으며 말하자 포레도 기쁘게 고개를 끄덕였다.

발바로스가 초조해하며 외쳤다.

"지금 그런 걸 물어서 뭘 어쩌자는 거야?"

"음, 일단 네피를 제외한 다른 사람들에게는 기억이나 몸에 별다른 영향이 없다는 건 알았다."

네피는 최근의 기억부터 흐릿해지고 있다. 만약 영향을 받았다면 바로 며칠 전에 있었던 일부터 기억에 이상이 생길 것이다.

모두 다른 종족이기 때문에 만약을 위해 확인해봤지만 기억에 이상이 있는 자는 없는 것 같다.

몸에 대한 영향은 현재로서는 뭐라 말할 수 없지만, 애당초 마술사라는 인종은 노화에 대해 강한 면역이 있다. 굶주림과 갈증을 느끼지 않는다면 방치해둬도 문제는 없다.

확인을 끝낸 자간은 태연하게 결론을 내렸다.

"뭐, 여차하면 힘으로 부순다는 방법도 있다. 지금은 일단 조사를 계속하자."

확실히 시간의 뒤틀림은 주의해서 관찰해야 하지만 그것 말고는 공격을 받은 흔적이 없다.

그렇다면 호들갑을 떤들 뾰족한 방법이 없다.

그게 바로 자간의 대답이었다.

"힘으로 부수다니, 이건 마술 결계가 아니잖아? 다른 방법이라도 있는 거냐?"

"마술이 아니라고 마술로 부수지 못한다는 법은 없잖아?"

자간이 '먹어치우지' 못하는 건 사실이지만 그것만이 마술은 아니다.

비프론스가 일으킨 사건으로 신령 마법이라는 것의 존재를 알게 된 후, 자간도 마냥 성에서 놀고먹기만 한 건 아니다.

이럴 때를 위한 '수단' 하나 정도는 준비해뒀다.

——이곳은 풀 한 포기 나지 않는 초토(焦土)가 되겠지만 어차피 아무도 살지 않으니까.

문제는 네피의 고향을 그렇게 만들어도 되느냐 하는 것 정도다.

그러니 지금 조금이라도 단서가 될 만한 것을 모아둘 필요가 있다. 애당초 신령 마법과 성검의 관련성을 찾기 위해 이곳에 온 것이니까.

고메리가 맥 빠진 표정을 지었다.

"네가 그렇게 말하니까 정말 별일 아닌 것처럼 느껴져서 곤란하단 말이다."

"그저 사실을 말했을 뿐이다. 여기서 나가는 것뿐이라면 큰 문제는 없어. 손 쓸 방법이 없으면 너희들의 도움도 받을 거고."

무서운 결계인 것은 사실이다.

네피가 어린아이로 변한 것도 이 결계에 의한 일인지도 모른다. 그렇다면 자간을 비롯한 다른 사람들도 언젠가 그렇게 될 가능성이 있다.

그만큼 뛰어난 결계이기 때문에 시간을 들여서 구조를 조사해 보고 싶다는 마술적 호기심도 있다.

——하지만 불안감을 조성하면 조사가 더뎌질 수 있단 말이지.

그러니 다른 사람들이 걱정할 일은 아니다.

부하들이 긴장을 풀자 네프테로스가 골이 난 목소리로 외쳤다.

"잠깐만. 나도 이런 결계는 감당하기 힘들다고. 신령 마법도 만능은 아니고, 만약 나를 노리고 있다면……."

불안한 표정을 짓는 네프테로스의 머리를 자간이 슥슥 쓰다듬어주었다.

"내가 말했잖아? 넌 손님이다. 손님은 그런 일로 고민할 필요 없어."

네프테로스는 기쁜 것 같기도 하고 부끄러운 것 같기도 한 묘한 표정을 지었지만 그 손을 뿌리치지는 않았다.

"……? 뭐야?"

그런 네프테로스의 옷자락을 네피가 꼭 잡고 있었다.

“네쁘떼로스 언니, 나랑 똑같아요.”

“뭐? 뭐가?”

“짜간 님이 머리를 쓰다듬어주면 기쁘거든요.”

“――윽, 그, 그런 게 아니라니까!”

손을 뿌리치자 네피는 충격 받은 표정을 지었다.

“죄송, 해요……. 언니가 기뻐하는 줄 알고…….”

눈물을 글썽이는 네피를 보더니 네프테로스도 파랗게 질렸다.

“자, 잠깐, 울 것까진 없잖아? 화가 나서 그런 게 아니야. 이리와, 자간이 머리를 쓰다듬어 줄 거야.”

허둥대며 네피의 양쪽 옆구리를 잡고 들어 올린 네프테로스는 ‘어떻게 좀 해봐’라고 말하듯 자간의 앞으로 네피를 내밀었다.

“네피, 네프테로스는 널 싫어하는 게 아니야. 사람은 기쁜데도 그것을 지적 받으면 부끄러울 때가 있거든. 네가 이해하도록 해.”

“그런 거예요?”

네피의 순수한 눈동자와 마주한 네프테로스는 머쓱해하며 작게 고개를 끄덕였다.

“그, 그래.”

네피는 환한 표정을 짓더니 얼굴 가득 미소를 지어 보였다.

“나도 네쁘떼로스 언니가 정말 좋아요!”

“으……그……하아.”

어쩔 수 없다는 듯 네프테로스도 한숨을 흘렸다.

원래의 네피에게는 차갑게 대했으면서 작아진 네피에게는 우물쭈물하는 모습이 어쩐지 흐뭇했다.

이러니 자간도 놀리고 싶어질 수밖에 없었다.

"너도 작은 아이에게는 강하게 나가지 못하나 보군."

네프테로스는 흥 하고 콧방귀를 뀌며 네피를 땅에 내려놓았다.

"……별로. 아이에겐 죄가 없잖아. 당신도 길에 있는 부랑아에게 실수로 떨어뜨린 척 사과를 준 적이 있잖아."

아무렇지도 않게 중얼거린 그 한마디에 자간의 얼굴이 굳었다.

"……잠깐 기다려. 네가 그걸 어떻게 알지?"

저번에 네피와 함께 큐아노에이데스에 갔을 때, 길 한쪽 구석에 웅크리고 있는 부랑아의 모습을 보고 옛날의 자신이 떠올라서 사과 하나를 준 적이 있다.

네피에게는 들킨 것 같지만, 또 다른 사람이 보고 있었을 줄은 몰랐다.

네프테로스는 말실수를 했다는 듯이 얼굴을 가렸지만 이미 늦었다.

그녀는 마지못해 대답했다.

"그게……, 비프론스 님이 당신들을 감시하기 위해 마련한 수정 구슬이 있는데 그것을 들여다보다가 우연히……."

"그 자식은 아직도 그렇게 몰래 엿보고 있는 거냐?"

"그, 그래! 비프론스 님이 엿보고 있는 걸 우연히 봤을 뿐이야."

묘하게 당황하는 목소리에 자간은 미심쩍은 표정을 지었다.

——이 녀석, 사실은 네피와 친해지고 싶어서 몰래 엿보고 있었

던 것 아니야……?

아무래도 이 일은 비프론스와 관계가 없는 것 같다. 그 녀석이 관계되어 있다면 그냥 구경만 하고 있었을 리 없으니까.

그렇게 신경이 쓰인다면 왜 평소에는 사이좋게 지내지 못하는지 심히 의문이지만.

——그렇지만 계속 놀리면 점점 더 고집을 부릴 것 같단 말이지…….

바로 그 점이 아무리 놀려도 다음 순간에는 다시 회복해 있는 샤스틸과의 차이다.

샤스틸은 사람의 가학심을 자극하는 대신 회복도 빠르다. 아무리 밟고 뽑아도 끝없이 되살아나는 잡초처럼 생명력이 질기다. 그래서 놀리는 사람도 자제심을 잊고 마음껏 즐길 수 있었다.

그에 비해 네프테로스는 구박 당하는 기질을 타고나지는 않았다. 그래서 더 놀리는 맛이 있기는 하지만, 이 소녀를 손님으로 인정한 사람은 자간이다. 손님을 가지고 노는 건 이쯤 해두는 게 좋을 것이다.

자간은 어깨를 살짝 으쓱이며 말했다.

"너희들이 무슨 짓을 하든 딱히 관심은 없지만 몰래 훔쳐보는 건 적당히 하라고 전해둬. 다음에는 그 정도로 끝나지 않을 거라고 말이야."

"저, 전해둘게."

고개를 끄덕이는 네프테로스가 작게 '죄송합니다, 비프론스 님'이라고 중얼거리는 목소리가 들린 것 같았다.

두 사람의 모습을 보고 있던 고메리의 입가가 슥 올라갔다.

"호오, 이름도 모르는 부랑아에게 사과라……. 음, 나의 〈마왕〉은 어린아이에게 관용을 베풀 줄 아는 사람이군."

"그냥 어쩌다 보니 그런 거야. 눈에 띄는 아이들에게 다 그런 짓을 하면 먹을 게 아무리 많아도 부족하잖아."

앞으로는 그러지 않을 거냐고 물으면 그렇다고 대답하지는 못하지만, 모든 아이들을 구하겠다고 대답하는 사람은 위선자다. 자간은 만인을 구하는 성자가 아니다. 아무리 그게 어린아이여도 당연하다는 듯 먹을 것을 달라고 조르는 수치도 모르는 인간이라면 아무렇지도 않게 걷어차버릴 것이다.

그런데도 고메리는 만족스럽게 고개를 끄덕였다.

"하지만 그런 은혜를 베풀었으면 보수를 받아야 하는 것 아닌가?"

"말도 안 되는 소리 하지 마. 길바닥에 엎드려 있는 어린애가 가진 게 뭐가 있다고."

산 제물이 아니면 이용할 곳도 없지만 자간은 그런 종류의 마술을 싫어한다. 게다가 사과 하나로 생명을 빼앗는 건 너무 가엽다.

고메리는 그런 자간의 대답을 듣고 더 기분 좋게 웃었다.

그리고 망토를 나부끼며 그 자리에서 한 바퀴 빙글 돌아 보였다. 그러자 포레와 비슷한 크기로 키가 줄어들었다.

노파의 모습으로 돌아갔나 싶었는데…….

"크흐흐, 보수라는 건 바로 이런 거다."

고메리의 모습은 열 살 남짓한 어린 소녀로 변해 있었다.

나이는 포레와 비슷할 것이다. 산양처럼 구부러진 뿔은 그대로지만 팔다리는 탱탱하고 부드러우며 얼굴도 귀엽기 짝이 없다. 깜빡거리는 눈동자는 순진무구 그 자체. 그 성질 고약한 노파에게 이렇게 사랑스러운 시기가 있었다는 사실이 믿기지 않았다.

미녀에서 소녀로 변신한 고메리를 보고 네피와 포레가 손뼉을 쳤다.

"꼬메리 님, 대단해요."

"고메리, 정말 굉장해. 다음에 나도 가르쳐줘."

"흐흠. 그러지. 이래 봬도 희대의 천재라 불린 마인족이라 이거야."

고메리는 어린 소녀들의 칭찬에 어린애 같은 말투로 대답하면서 가슴을 펴 보였다.

——이런 아이가 어떻게 그런 노파가 되는 거지……?

그 말투와 행동이 의외로 잘 어울려서 자간도 점점 이 소녀가 진짜 그 노파가 맞는지 의심스러워졌다.

고메리는 떨떠름한 표정을 짓고 있는 자간은 신경도 쓰지 않은 채 네피와 포레를 손짓해 불렀다.

"두 사람 다 잠깐 귀 좀 빌려다오. 옳지……, 속닥속닥."

"네! 알겠어요."

"그런 짓을 해서 무슨 의미가 있는 거지?"

각각 즐거워하거나 의아해하는 말을 했지만 세 사람은 네피를 가운데 두고 손을 잡더니 자간 앞에 나란히 섰다.

세 명의 소녀는 목소리를 맞춰 이렇게 외쳤다.

""""아빠, 정말 좋아해요!""""

"커헉……!"

——이렇게 사랑스러울 수가! 꽉 안아주고 싶다!

자간은 무릎을 꿇었다.

성기사장과 정면으로 싸웠을 때도, 12명의 〈마왕〉과 대면했을 때도, 마족의 키메라와 싸웠을 때도, '진흙 마신'을 직접 눈으로 봤을 때도 자간은 무릎을 꿇지 않았다.

그런데 이 한 마디에 그만 무릎을 꿇고 만 것이다.

——그러고 보니 지금까지 '아빠'라는 말을 들어본 적이 없군…….

자간의 딸은 포레고, 그녀도 '자간'이라고밖에 부르지 않으니 당연한 일이지만, 어쨌든 정말 어마어마한 파괴력이었다.

한 명은 고메리이지만 세 명 모두 키우고 싶을 정도다.

아니, 지금부터라도 노력하면 고메리도 조신한 숙녀로 자랄 수 있지 않을까? 그런 환상까지 품게 되었다.

하지만 자간은 〈마왕〉이다. 후들후들 떨면서도 일어났다.

"어이, 도대체, 무슨 생각이냐, 고메리."

"크흐흐, 말했을 텐데? 네가 어린아이에게 은혜를 베푼 데 대한 보수라고. 순진무구한 아이가 줄 수 있는 대가는 순수한 감사의 마음이지."

그렇게 말하며 다리에 달라붙더니 에헤헤 하고 웃어 보인다.

고메리뿐이라면 말도 안 되는 소리 하지 말라며 밀어낼 수 있지만 네피와 포레까지 자간의 다리에 매달렸다.

이걸 뿌리치는 건 도저히 불가능했다.

포레가 이상하다는 듯 고개를 갸웃거렸다.

"자간은 '아빠'라고 불리는 게 더 좋아?"

"크……, 나쁘진 않은 것 같군."

아니, 결코 불쾌하지 않다.

그렇게 대답하자 포레는 곰곰이 생각하며 고개를 끄덕였다.

"……알았어. 연습해둘게."

생각해보면 이 중에서 진짜 어린 소녀는 포레뿐이다. 포레 나름대로 생각한 바가 있는지, 진지한 얼굴로 그렇게 중얼거렸다.

……그래도 쑥스럽기는 한지 평소보다 한층 더 뺨이 빨개져 있었지만.

그에 비해 네피는 천진난만하게 자간의 다리에 머리를 문지르며 말했다.

"에헤헤, 짜간 님은 아빠였군요. 나한테는 없는 줄 알았어요."

그 한마디에 자간은 화들짝 놀랐다.

"네피, 그게 무슨 뜻이지? 네피에게는 부모님이 없어?"

"후에? 음, 잘 모르겠어요. 그치만 다른 사람들처럼 손을 잡아주고 다정하게 대해준 어른은 짜간 님이 처음이에요."

지금 네피가 가진 기억은 이 마을에서 다섯 살이었을 즈음인가.

당시부터 박해를 받고 있었다는 뜻이겠지만 '부모'라는 존재에 대한 인식이 전혀 없는 건 어떻게 된 일일까?

주위에 있는 엘프들을 보고 가족과 부모자식이라는 개념은 알고 있는데 말이다.

자간이 생각에 잠겨 있자 네피가 불안하게 올려다봤다.

"제가 **또** 나쁜 말을 했나요?"

"그렇지 않아. 내가 한 번이라도 널 나무란 적 있어?"

무릎을 꿇고 눈높이를 맞추며 타이르듯 말했다.

네피는 기쁜 마음에 귀 끝을 떨더니 이번에는 자간의 목을 끌어안았다.

"짜간 님, 정말 좋아해요!"

자간은 네피의 머리를 쓰다듬으며 생각했다.

——제가 **또** 나쁜 말을 했나요?——

이런 어린아이가 사용할 만한 표현은 아닌 듯한 기분이 들었다.

——이 무렵의 네피는 자신이 나쁜 말을 했기 때문에 학대당한다고 생각했던 건가.

즉, 지금 네피는 이유 없는 박해를 받았던 시기인 것이다.

그런데도 이렇게 웃을 수 있는 이유는 아직 마음을 닫기 전이라서 그런 것이리라.

왜 자신을 싫어하는 걸까, 어떻게 하면 다른 사람들과 사이좋게 지낼 수 있을까, 그런 희망을 품고 있다는 뜻이다.

이대로 자간 밑에서 성장하면 괴로운 기억은 가지지 않게 될지도 모른다.

다섯 살 무렵의 기억 같은 건 10대인 자간도 이미 거의 기억하지 못하니 말이다.

키메리에스도 뭔가 알아차렸는지 네피 앞에 쪼그리고 앉아서 웃어 보였다.

"네피 짱, 아이는 나쁜 짓을 하는 게 아니에요. 잘못인 줄 모르고 할 뿐이에요. 그러니 무서워할 것 하나도 없습니다."

"……정말?"

"물론이죠."

"그러면 하고 싶은 게 하나 있는데요."

양쪽 손가락을 꼬물거리며 호소하는 네피의 모습에 키메리에스도 온화한 미소로 응답했다.

"무엇이든 말해보세요."

그 대답을 들은 네피의 얼굴이 환해졌다.

그리고 얼굴 가득 미소를 지으며 이렇게 말했다.

"끼메리 님의 갈기, 쓰담쓰담 해봐도 될까요?"

"쓰담쓰담……?"

이 말은 예상하지 못했는지 키메리에스도 눈을 동그랗게 떴다.

"……역시 안 되나요?"

"아뇨, 괜찮습니다. 자, 마음껏 만져보세요."

"와앗, 고맙습니다! 끼메리 님이 최고예요!"

네피가 갈기만 쓰다듬는 것이 아니라 턱 밑까지 어루만져주자 키메리에스는 기쁜지 부끄러운지 알 수 없는 복잡한 목소리를 흘렸다.

"저, 잠깐 동물의 모습으로 있겠습니다……."

"미안, 부탁 좀 하자, 키메리에스."

그러고 보니 키메리에스는 성에서도 사자의 모습으로 있는 경우가 많았다. 포레가 마음에 들어해서 그런 것 같은데, 아무래도 그는 아이들의 호감을 사는 체질인지도 모르겠다.

그런 모습을 보고 발바로스가 콧방귀를 뀌었다.

"전(前) 마왕 후보들이 하나같이 그게 뭐냐. 꼬맹이랑 놀고 있을 때가 아니잖아. 너희들 지금이 어떤 상황인지 알고는 있어?"

고약한 인상을 가진 남자의 말에 네피가 놀란 표정을 지었다.

"**바**바로스 님은 화가 나신 거예요?"

"발바로스다."

"네, 바바로스 님."

"……그래, 마음대로 불러."

아무래도 다섯 살 아이가 발음하기는 힘든 이름인가 보다.

——너도 제법 둥글둥글해진 건 알고 있냐?

혹시 자기만 따돌리는 것 같아 섭섭해서 그런 건 아닐까. 그런 의심까지 들 만큼 발바로스의 반응은 부드러웠다.

발바로스는 떨떠름한 표정을 지으면서도 네피의 앞에 쭈그리고 앉았다.

"잘 들어, 꼬맹아. 자간 녀석은 너한테는 강하게 나가지 못하는 것 같으니까 지금 기회를 놓치지 않고 녀석이 곤란해 할 만한 부탁을 실컷 하는 거다."

"짜간 님을 곤란하게 만들면 안 돼요!"

"야야, 거기 있는 사자도 말했잖아. 어린애는 어른에게 폐를 끼쳐도 되는 거야. 오히려 이 녀석은 그러면 더 좋아할 걸? 너도 자간을 기쁘게 해주고 싶으악?"

순진한 아이에게 나쁜 바람을 불어넣는 악당에게 자간의 가차 없는 주먹이 꽂혔다.

"잘 들어, 네피. 이런 어른이 따라오라고 한다고 따라가면 안 된다?"

"네, 짜간 님! 그치만 바바로스 님도 좋은 사람이에요!"

"……라는데?"

발바로스를 가만히 노려보자 악우 녀석은 심기가 영 불편한 듯 '흥' 하고 콧소리를 흘렸다.

그러는 동안 슬슬 동요에서 회복되었는지 네프테로스가 한숨을 쉬었다.

"다들 참 평화롭군……."

혼잣말이었겠지만 그 한마디에 고메리가 씩 웃었다.

"네프테로스 언니, 놀아줘요!"

"놀아줘!"

고메리에 이어 포레까지 달려들었다.

"아, 자, 잠깐, 무슨 짓이야."

마지막으로 네피까지 네프테로스를 끌어안는다.

"네프테로스 언니, 같이 놀아주세요!"

"큭, 이……."

하지만 방금 전에 차갑게 대했더니 눈물을 글썽였던 일을 잊지 않았던 모양이다.

한참 갈등하는 듯하더니 결국 포기한 것처럼 어깨를 축 늘어뜨렸다.

"……뭘 하면 되지?"

"술래잡기!"

"노래하기."

"꽃 따러 가기!"

"한 가지로 압축해!"

참다못한 네프테로스가 고함을 지르자 세 소녀는 깔깔거리며 웃음을 터뜨렸다.

그러나 네프테로스도 그리 싫지만은 않은 모양인지 떨떠름한 표정을 지으면서도 순서대로 아이들을 상대해주었다.

그 모습을 지켜보고 있는데 촌장의 저택에서 샤스틸이 나왔다.

"이건 또 무슨 상황이야……?"

고메리는 어린아이로 변했고, 키메리에스는 소녀들의 의자 노릇을 하고 있으며, 발바로스는 땅바닥에 쓰러져 있고, 네프테로스는 아이들과 함께 놀고 있다.

샤스틸이 보고 당황할 만한 상황이기는 했다.

자간은 아무 일도 아니라는 듯 고개를 흔들었다.

"뭐, 휴식도 좀 필요한 법이니까."

"휴식이라니, 조사가 잘 안 풀리던 것 아니었어?"

그러고 보니 샤스틸에게는 그런 식으로 말했었다.

"별 문제는 아니다. 이곳을 탈출하려면 마을을 통째로 날려버려야 한다는 것 정도?"

"나, 날려버리다니……? 그래도 괜찮아? 네피의 고향이잖아."

"글쎄. ……가능한 한 그렇게 되지 않도록 해야지. 그보다 찾아낸 거라도 있나?"

아까 자간이 불렀는데도 샤스틸은 신경 쓰이는 것을 발견했다며 저택 조사를 계속했었다.

샤스틸은 고개를 끄덕였다.

"응. 촌장의 방에서 비밀 책장 같은 것을 찾아냈어. 그곳에 이게 들어 있었는데……."

그녀가 꺼낸 물건은 한 권의 책이었다.

마을 일지와 똑같은 만듦새였지만 제목을 본 자간의 눈이 가느스름해졌다.

"너 이 문자가 무슨 뜻인지 알아?"

"아니, 난 엘프의 문자는 모르는 걸. ……역시 중요한 거야?"

"……글쎄."

찾고 있던 게 맞았지만 솔직히 말해 과연 자간이 봐도 될지 의문이 생겼다.

하지만 모처럼 찾아낸 단서다. 망설일 시간은 없다.

자간은 그 **일지**를 받아 들었다.

"그곳엔 이 책만 있던가?"

"아니, 이런 것도 하나 있었어."

샤스틸은 펜던트 하나를 들어 보였다.

화살촉을 그대로 펜던트로 만든 것 같은 모양이다. 그렇게 크지는 않지만 표면에는 열 개의 보석을 박아 넣은 나무처럼 생긴 문장이 새겨져 있었다.

자간은 음 하고 고개를 끄덕였다.

“마술의 문장은 아니지만 본 적이 있어. ‘생명의 나무’라고 하는 건데 신령 언어의 상징 같은 표식이지. ……이게 그 일지와 함께 있었다고?”

확인하듯 되묻자 샤스틸은 고개를 끄덕였다.

“응. 오래된 것처럼 보이기는 하는데 어떤 가치가 있는지는 나도 잘 모르겠어.”

“……그거, 내가 맡아두고 있어도 될까?”

“물론이지.”

은……과 비슷한 재료로 만들어진 펜던트였다.

비슷한, 이라고 한 것은 은과 비슷한 광택을 가지고 있지만 기묘할 정도로 강한 마력을 가지고 있었기 때문이다. 손톱을 세워보니 웬만한 검보다 훨씬 더 단단하다는 것을 알 수 있었다. 은과 같은 강도는 아닐 것이다.

굳이 비유하자면 마력 자체를 다듬어 물질화한 것 같은…….

“이건, 미스릴인가……?”

“미스릴이라고? 신화에 등장하고 오리하르콘에 버금가는 것으로 유명했던 그것?”

“그래. 나도 실물은 처음 본다. 이런 게 있는 걸 보니 역시 엘프의 숨겨진 마을답군.”

그 이름을 듣고 발바로스가 벌떡 일어났다.

"어이, 미스릴이라니, 진짜냐?"

"가만히 있어. 이건 네피의 것이야."

이것 자체에도 어떤 힘이 있을지도 모른다.

——네피에게 건네주기 전에 위험하지 않은지 조사해둬야겠어.

네피의 물건인데도 그녀에게 주지 않은 건 어떤 이유가 있어서일 것이다.

발바로스는 꼴사납게 매달렸다.

"살짝 보는 건 괜찮잖아. 그나저나 그런 건 어디서 주웠냐?"

"내가 찾아온 거야. 그런데 당신들은 뭘 하고 있는 거지?"

샤스틸이 어이없다는 얼굴로 말하자 발바로스가 아연실색한 표정을 지었다.

"어, 어이, 자간……? 이 녀석은 그거 아니야? 덜렁이 여자?"

"네가 늘 그렇게 부르는 여자이기는 하지."

"이상한데. 이 녀석이 제일 도움이 되다니. 역시 이곳의 결계는 세계의 법칙을 어지럽히고 있어!"

"이 자식, 자꾸 그러면 아무리 나라도 더는 못 참아!"

"게다가 괴롭힘을 당하고 있는데 눈물도 글썽이지 않잖아?"

마치 도저히 이해할 수 없는 괴현상을 목격한 것처럼 발바로스가 무릎을 꿇었다.

샤스틸은 어쩔 수 없다는 듯 한숨을 쉬었다.

"지금은 직무 수행 중이다. 당신도 자간의 파벌에 속해 있다면 자신의 책무를 완수하도록 해. ……뭐, 괴롭힘을 당하는 건 그리 싫어하지 않지만."

——괴롭힘을 당하고 있다는 자각이 있으면서도 마음에 들어했다는 말인가…….

그 말을 듣자 자간도 자신의 귀를 의심했지만 발바로스는 그보다 더 크게 동요했다.

"미, 믿을 수 없어……! 이 기분은 뭐지? 내가 동요하고 있다고?"

뭔가 인정하고 싶지 않은 일이라도 일어난 모양이다. 발바로스는 혼자 갈등하듯이 투덜투덜 중얼거렸다.

자간은 자리에서 일어나 샤스틸에게 시선을 던졌다.

"난 이걸 좀 알아보고 오지. 네피를 비롯한 아이들을 부탁한다."

"그건 상관없지만 하나만 대답해줘. 당신 엘프의 문자도 읽을 줄 알지?"

"그래."

샤스틸은 씩씩한 어조로 이렇게 말했다.

"이 책의 제목은 뭐라고 적혀 있지?"

자간은 몸을 움찔하더니 어쩔 수 없다는 듯 고개를 끄덕였다.

"——네피림——하늘에서 떨어진 자라는 뜻이다. 아마도 네피의 이름의 어원이겠지."

즉, 이게 바로 네피에 대한 이야기를 모아둔 일지인 것이다.

◇

그 일지는 이런 서문으로 시작했다.

——지금은 나를 제외하고는 아무도 모르지만 옛날에 이 마을에는 악마가 있었다.

악마는 아주 먼 옛날에 마을을 떠났지만 어느 날 딱 한 번 다시 돌아왔다.

그때 악마는 한 아기를 마을에 두고 갔다.

그것은 이 마을을 멸망시킬 재난인지도 모른다.

그래서 이를 기록해두려고 한다.

언젠가 그 악마를 없애려는 자가 나타났을 때 조금이라도 도움이 될지도 모르니——

——용의 달, 물의 날.

무서운 일이 일어났다. 그 악마가 마을로 돌아왔다.

역겹기 짝이 없는 저주 받은 아이. 이번에는 어떤 재난을 이 마을에 가져올 생각인 걸까.

내가 어렸을 때, 악마는 이미 이 마을을 좀먹는 재난이었다. 몇 명이나 되는 동포들이 산 제물이나 실험체가 되어 목숨을 잃었다.

눈을 감으면 지금도 들려오는 것 같다. 귀를 막고 싶어지는 비명이 들리지 않는 날이 없었다.

그 악마가 마을에 아기를 데리고 왔다.

악마는 그 아기를 삶아 먹든 구워 먹든 알아서 하라고 하더니 그대로 떠나버렸다.

아기에게는 생명의 나무를 본뜬 미스릴 펜던트가 쥐여져 있었다. 무언가 세공이 되어 있는 듯했지만 그게 뭔지는 잘 모르겠다. 무슨 일이 있을지 모르기 때문에 일단 빼앗아두기로 했다.

아기에게는 죄가 없지만 이 아이가 자라면 악마와 똑같이 될지도 모른다. 난 고민에 고민을 거듭한 끝에 아기를 죽이기로 했다.

이것은 정의다.

우리 엘프 마을을 지키기 위해 정의를 실현해야만 한다.

하지만 죽이지 못했다.

그것은 이미 악마였던 것이다.

숲 속 나무들이 의지를 가진 것처럼 나를 덮치더니 단검을 쥔 팔을 마구 잡아 뜯었다.

무서운 아이다.

굶겨서 죽일까도 생각했지만 숲이 그 아이를 살리기 위해 지켜줬다.

그것을 죽일 방법이 내겐 없다.

난 마을에서 활을 가장 잘 쏘는 네르에르 일가에 그 아기를 맡겼다. 미안하기는 했지만 만일의 경우 자신의 몸을 지킬 수 있는 힘을 가지고 있는 건 그들뿐이다——

——중략——

——사자의 달, 불의 날.

저주 받은 아이가 온 지 5년이 지났다.

그것은 무럭무럭 자라고 있다.

네르에르의 집에서는 지하에 가둬두고 있는 것 같았지만 가끔 밖으로 나와 기분 나쁘게 웃었다.

무서운 일이다.

마을 사람들 사이에서도 그것이 밖으로 나오지 못하도록 사슬로 묶어둬야 하는 것 아니냐는 말이 나왔지만, 그것에게 구속 따위는 아무 의미도 없다.

정의에 반한다는 이유로 기각했지만 불만이 쌓이고 있는 것은 명백했다.

그나마 다행인 일은 그 후로 숲이 조용해졌다는 것 정도. 내가 한쪽 팔을 잃은 이후로 저주 받은 아이는 힘을 내보이지 않았다.

그 덕분에 마을을 감돌던 공포의 색은 옅어졌다.

그것을 다치게 해서는 안 된다는 엄명을 내린 것도 주효했다.

모두가 그것에게 힘 같은 건 없다고 생각하기 때문에 그나마 행복하게 지낼 수 있는 것이다.

그래, 내가 팔을 잃은 이유는 에르네르에게도 밝히지 않았다. 그런 악몽을 알고 있는 건 나 혼자로도 충분하다.

마을 사람들도 불길한 아이를 싫어는 해도 두려워하는 것 같지는 않다.

그게 변덕을 부리면 이 정도 마을은 순식간에 없앨 수 있는 악마라는 사실은 모르는 게 좋다.

유일한 불안은 그게 언제까지 얌전히 있을지다――

——중략——

——풍정(風精)의 달, 흙의 날.

저주 받은 아이가 온 지 15년이 지났다.

그것은 최근 들어 밖에 나오지도 않고 그 기분 나쁜 미소도 짓지 않게 되었다.

마을 사람들도 그 존재를 신경 쓰지 않게 되면서 네르에르 집안 사람들의 부담도 상당히 가벼워진 것 같다.

평화로운 건 좋은 일이지만 안심할 수는 없다.

마을 바로 옆에서 또 기묘한 새의 사체가 발견되었다.

마술사의 사역마일 것이다. 풍정의 달에 들어서면서 벌써 세 번째다.

밖에서 무언가가 마을에 오려고 하고 있는 건지도 모른다.

짐작이 가는 건 그 악마다.

저주 받은 아이가 자라서 그 아이를 데리러 오려는 게 아닐까.

아직까지도 녀석이 무슨 의도였는지는 모른다.

이것이 녀석이 원한 결과인지, 아니면 그 의도에 반하는 것인지, 그건 모른다.

하지만 머지않아 엄청난 재앙이 일어나지 않을까.

그런 불안을 억누를 수가 없다.

그러나 이런 생각도 든다.

같은 재앙이라면 악마에게 저주 받은 아이를 던져주는 선택지도 있지 않을까 하고——

◇

"……보고 있기 힘들군."

일지를 다 읽은 자간은 구역질을 참으며 책을 닫았다.

그곳은 촌장의 방이었다. 일지의 양은 그리 많지 않아서 순식간에 다 읽었다.

필자는 촌장일까.

일지의 내용은 네피가 어떻게 희망을 잃어서 지금의 네피가 되었는가에 대한 기록이었다.

순진무구한 미소를 지으며 사람들과 사이좋게 지내려던 그녀는 그런 바람조차 인정받지 못했다.

——공포가 극에 달하면 그 사랑스러운 미소도 기분 나쁘게 보이는 건가.

만나자마자 팔을 뜯겼으니 그것도 무리는 아니지만, 그쪽도 네피를 죽이려 했으니까 자업자득이다.

자간은 한숨을 한 번 쉰 다음 일지를 허공에 던졌다.

일지는 소리도 없이 재가 되어 바닥에 떨어지기 전에 사라졌다.

일지를 찾아준 샤스틸에게는 미안하지만 이건 네피에게 보여주고 싶지 않다. 게다가 자간은 한 번 읽은 책의 내용은 전부 다 외울 수 있다. 이렇게 불쾌한 책을 남겨둘 이유는 없다.

——조사가 끝나면 이 마을도 재로 만들어버릴까.

처음에는 네피의 마음이 정리될 때까지 기다릴까 싶었지만 이제는 그럴 기분이 아니었다.

네피를 위해서라고 주장할 생각은 없다.

그런 변명을 늘어놓는 것은 일지의 저자와 똑같은 위선이다. 속이 뒤집어지는 것 같다. 마술사는 악당이라고 불린다. 그리고 그렇기에 정의를 외치는 생물을 혐오한다.

자간의 마음에 들지 않고 자간이 용서할 수 없기 때문에 없앨 뿐이다.

이미 죽었어도 망자조차 되지 못하도록 완전히 소멸시킨다.

그게 바로 마술사의 왕인 〈마왕〉이다.

촌장의 저택을 나가자 샤스틸과 발바로스가 기다리고 있었다. 일지의 내용이 신경 쓰였던 모양이다.

두 사람은 자간의 얼굴을 보더니 화들짝 놀라며 뒤로 물러났다.

"어, 어어……. 벌써 다 읽은 거냐……. 그런데 책은 어디로 갔지?"

"태웠어."

"어?"

말문이 막힌 발바로스 옆에서 샤스틸이 조심스러운 표정을 지으며 말했다.

"어떤 내용이 적혀 있었는지는 물어보지 않는 게 좋겠지……."

자간은 아무래도 상관없다는 듯 어깨를 으쓱였다.

"단서 비슷한 건 몇 가지 찾아냈다."

"단서?"

고개를 갸웃거리는 샤스틸에게 자간이 고개를 끄덕여 보였다.

"네피는 이 마을에서 태어나지 않았다고 해. 버림받은 아이……와는 조금 다른데, 아기 때 밖에서 누가 데리고 왔다더군. 그리고 데리고 온 녀석이 이 마을에서는 악마라고 불렸고, 모두가 그를 두려워하고 싫어했기 때문에 네피도 그렇게 된 것 같아."

그렇게 이야기해주자 샤스틸은 안심한 듯한 미소를 지었다.

"그렇구나. 좋은 소식이야."

"……도대체 어디가?"

자기도 모르게 험악한 목소리로 대꾸하자 샤스틸은 당연하다는 듯 고개를 끄덕였다.

"이곳에 네피의 진짜 가족은 없었다는 말이잖아? 그렇다고 네피의 마음이 가벼워질지는 모르겠지만, 아직 가족이 살아 있을지도 모른다는 건 좋은 일 아닌가?"

그런 식으로 생각해본 적은 없었기 때문에 자간은 눈을 동그랗게 떴다.

"용케도 그런 식으로 생각할 수 있군. 설사 살아 있다고 해도 그 부모는 네피를 버린 거 아닌가?"

자간의 말을 들은 샤스틸은 '뭐야, 그 말을 당신이 하는 거야?' 라고 말하는 것처럼 눈을 깜빡거렸다.

그리고 어쩔 수 없다는 듯 말했다.

"당신도 한 번은 네피를 멀리하려고 했잖아. 그건 왜지?"

자간은 일부러 네피에게 상처를 줘서 멀리하려고 했던 적이 있었다.

12명의 〈마왕〉과 대면을 하고 그 무서움에 겁을 먹었기 때문이었다.

자신도 언젠가 저 괴물들과 동류가 될 것이다. 하지만 지금이라면 네피는 되돌릴 수 있다. 햇빛이 비치는 곳에서 살아갈 수 있다고 생각했다.

약하기에 할 수밖에 없었던 어리석은 생각이었다.

남자라면 네피와 함께 전부 다 지켜내겠다고 말해야 했는데.

——즉 네피의 부모도 똑같은 과오를 저질렀다고 말하고 싶은 건가……?

자간은 자기도 모르게 씁쓸하게 웃었다.

"꽤나 긍정적인 말을 하는군."

"옆에서 당신들을 보고 있으면 그런 걸 믿고 싶어지는걸."

평소와 달리 상당히 야무진 반론에 자간도 어쩐지 고개를 끄덕이고 싶은 기분이 들었다.

그 순간 발바로스가 미간을 찌푸렸다.

"앙? 찾아내서 복수하는 게 아니야?"

"……당신은 그런 생각밖에 못해?"

"넌 도대체 마술사를 어떻게 생각하고 있는 거냐?"

입씨름을 시작한 두 사람을 보고 있자 자간은 왠지 마음이 놓이는 기분이었다.

——이 둘을 더했다가 나누면 딱 좋을 텐데.

정(正)과 부(負)로 멋지게 균형을 유지할 것 같다.

그와 동시에 일지로 인해 답답했던 가슴이 조금 나아진 것을 느꼈다.

"……촌장의 저택만 날려버리는 걸로 할까."

"왜 날리는 건데?"

"그냥 기분 전환 같은 거지."

자간이 당연하다는 듯 대답하자 발바로스는 기가 막혀 아무 말도 하지 못했다.

그 옆에서 샤스틸이 재미있다는 듯 웃었다.

"농담을 하는 걸 보니 평소의 자간으로 돌아왔네."

"……? 농담 아닌데?"

"어? 뭐야, 농담……이 아니야?"

어안이 벙벙해 있는 샤스틸의 모습을 보고 자간도 그녀가 무슨 말을 하려고 했는지 짐작이 갔다.

――나를 걱정해준 건가…….

스스로도 정상적인 상태가 아니라는 자각은 있다.

샤스틸은 그걸 알아채고 위로해주려고 했는지도 모른다.

――평소에는 그렇게나 덜렁대면서 일을 할 때는 야무지단 말이야.

한 번은 자간과 대등하게 싸운 적이 있는 인물이니 말이다.

그에 대한 답례라고 할 정도는 아니지만, 자간은 한 가지 더 덧붙였다.

"일지에는 단서가 하나 더 있었어. 아무래도 일지에 나오는 '악마'라는 녀석이 네피를 습격한 범인인 것 같다."

"……? 잠깐 기다려. 당신 말대로라면 그 '악마'라는 녀석이 네피의 육친인 것 아니야?"

"그럴 가능성도 있지만 네피의 육친이라는 증거는 없어. 다른 사람을 공격하기 위해 아기인 네피를 납치했을 가능성도 있지 않을까?"

"그건……, 그렇지."

샤스틸도 부정하지 못하고 고개를 끄덕였다.

그러자 발바로스가 고개를 갸웃거렸다.

"그런데 왜 그 녀석이 범인이라는 거지?"

"소거법이다. 〈마왕〉조차 그 존재를 몰랐던 숨겨진 마을에 드나들 수 있는 자, 게다가 엘프라면 그 녀석 정도밖에 없어. 그 녀석이 이 마을 출신 엘프라는 기록이 있었거든."

발바로스는 턱을 쓰다듬으며 생각에 잠겼다.

"유명한 엘프 마술사라면 〈요정왕〉 타이타니아인데."

그 이름은 자간도 들어본 적이 있었다.

"**〈마왕〉 오리아스**에게 덤볐다가 호되게 당했던 그 엘프 말인가."

그 〈마왕〉 오리아스는 지금도 생존해 있다.

자간이 〈마왕〉의 자리를 이어받았던 자리에도 있었으리라.

"맞아. 엘프들의 나라를 만드니 어쩌니 하면서 엘프 마술사와 사역마로 이루어진 군대를 이끌고 싸움을 걸었지. 〈마왕〉에 대한 반역으로는 아마 사상 최대일걸?"

그 정도 능력을 가진 엘프라면 네피를 어린아이로 만드는 것도, 이 마을을 에워싸는 결계를 펴는 것도 어려운 일은 아니리라.

하지만, 하고 자간은 고개를 옆으로 흔들었다.

"그 녀석은 몇 백 년 전에 죽은 마술사잖아?"

"뭐, 그렇기는 하지만 다른 엘프 마술사는 들어본 적이 없잖냐. 기본적으로 자신의 정체를 감추고 있는 데다 들키면 바로 죽이니까."

포레가 용이라는 사실을 숨기고 있었던 것과 똑같다.

엘프는 머리카락 한 올부터 피 한 방울까지 산 제물과 촉매로 파격적인 가치가 있는 종족이다. 목숨이 위험할 정도의 가치다. 그 대상이 마술사라고 해도 손에 넣고 싶어하는 마술사는 얼마든지 있다.

그렇다 보니 엘프 마술사는 무슨 일이 있어도 스스로 정체를 밝히지 않는다.

——이곳을 탈출하면 일단 오리아스와 접촉해볼까…….

썩 내키지는 않지만 오리아스가 엘프 마술사에 대해 잘 알고 있는 모양이다. 게다가 만약 이번 사건과 관계가 있다면 만나러 간 김에 죽이는 것도 괜찮다.

화가 났다는 사실에는 변함이 없으니까.

자간은 마음을 다잡듯 입을 열었다.

"뭐, 범인을 찾는 건 언제든 할 수 있으니까. 그보다 아이들은 어쩌고 있지?"

"네피라면 저쪽에 있어."

샤스틸이 가리킨 곳은 중앙 광장으로, 그곳에서는 사자 모습을 한 키메리에스에게 세 소녀가 기대어 있었다.

◇

"음, 깜빡 잠이 들었군."

샤스틸과 발바로스는 저택이 날아가기 전에 필요한 것을 옮기기 위해 돌아갔다.

지금 당장 날려버릴 생각은 없었지만 언제든 부술 수 있도록 해주는 것은 고마웠기 때문에 자간도 말리지 않았다.

키메리에스는 마을 한가운데에 우뚝 솟아 있는 커다란 나무 밑동에 둥글게 몸을 웅크리고 있었고, 거기에 기댄 세 소녀들은 새근새근 잠들어 있었다.

그 옆에는 네프테로스가 무릎을 끌어안고 앉아 있었다. 많이 지쳤는지 얼굴이 핼쓱해져 있다.

자간이 다가가자 찌릿 노려본다.

"……당신 딸과 부하잖아? 왜 내가 애 보기나 하고 있어야 되는 거지?"

아이를 본다는 자각이 있다면 도망쳐도 됐을 텐데 이 소녀는 아이들 옆에 있어주었다.

"미안하다. 고마워."

그렇게 말하자 깜짝 놀란 듯 네프테로스의 눈이 동그래졌다.

“예전부터 생각했던 건데 당신은 〈마왕〉답지 않은 〈마왕〉이야.”

“나름대로 오만하게 굴고 있다고 생각하는데?”

“오만한 〈마왕〉은 다른 사람에게 고맙다는 말 따윈 하지 않아.”

지당한 지적에 자간은 어깨를 으쓱여서 대답을 대신했다.

기분 좋게 잠든 소녀들에게로 시선을 옮긴다.

——잠든 얼굴이 이렇게 귀여울 수 있다니…….

네피와 포레 모두 그야말로 천사가 따로 없다. 고메리까지 사랑스럽게 보이니 신기할 따름이다.

흐뭇하게 바라보고 있자 네프테로스가 할 말이 있는 것처럼 자간을 올려다봤다.

“……? 하고 싶은 말이라도 있나?”

“딱히 불만이 있는 건 아닌데…….”

자간의 말을 비난으로 받아들인 모양이다.

자간은 어쩔 수 없이 중얼거렸다.

“신경 쓰이는 게 있으면 말해봐. 여기서는 뭐가 도움이 될지 모르니까.”

가능한 한 부드럽게 말하려고 했지만 모든 사람들이 네피처럼 속마음을 헤아려주지는 못하리라.

위축되게 만들지는 않았는지 조마조마하게 보고 있자 네프테로스는 결심을 굳힌 것처럼 입을 열었다.

“이 마을과는 아무 상관없는 이야기인데…….”

"괜찮으니까 말해봐."

자간이 재촉하자 네프테로스는 보기 드물게 머뭇거리며 입을 열었다.

"저기, 혹시 이 아이들 나이였을 때 기억 있어?"

확실히 영문을 모를 질문이다. 네프테로스가 주저할 만도 했다.

자간은 머리를 갸우뚱거렸지만 일단 고개를 끄덕여 보였다.

"음. 좋은 기억은 없지만 기억은 하고 있지."

"……예를 들면?"

"음식 값을 내지 않고 도망치다가 잡혀서 죽을 정도로 맞았던 일, 일주일 정도 아무것도 먹지 못했을 때 발견한 빵에 곰팡이가 피어 있어서 생사의 기로를 헤맸던 일, 그리고 먹을 것에 낚여서 마술사에게 납치당해 하마터면 산 제물이 될 뻔했던 일."

이야기하고 보니 죄다 먹을 것과 관련된 기억밖에 없어서 조금 부끄러웠지만 네프테로스는 뺨에 땀방울까지 흘리며 덜덜 떨고 있었다.

"그렇게 죽을 뻔한 기억만 있는 게 일반적인 거야?"

"음……. 마술사가 되지 않았다면 아마 죽었을 테지. 딱히 일반적이라고 할 수는 없을지도 모르겠군."

조금도 일반적이지 않지만 불행히도 그 점을 지적할 수 있는 사람은 이곳에 없었다.

네프테로스는 울적해하며 자신의 무릎을 끌어안았다.

"조금 기묘한 이야기를 해도 될까?"

"해봐."

뭔가 고민이 있다는 건 자간도 알 수 있었다.

좋은 대답을 해줄 수 있을지는 모르지만 이야기를 들어주는 것 정도는 해줄 수 있다.

그렇게 대답하자 네프테로스는 겁에 질린 듯이 이렇게 말했다.

"나는 이 아이들과 비슷한 나이였을 때의 일이, 하나도 생각나지……, 않아."

자간의 눈썹이 치켜 올라간다.

"기억을, 잃은 건가?"

"……모르겠어. 지금껏 깨닫지도 못했어."

확실히 〈마왕〉의 밑에 있으면 아이와 어울릴 기회가 없겠지.

있다고 해도 산 제물로 납치되어 온 아이들 정도겠지만 비프론스 정도 되는 〈마왕〉이 일일이 그런 것을 필요로 할 리 없다.

"그리고 어째서 네피는 나와 똑같은 얼굴인 걸까……?"

그건 오히려 자간이 하고 싶은 질문이었지만 네프테로스 본인도 정말 모르는 일인 듯했다.

"난, 누구일까……."

당장이라도 울음을 터뜨릴 것 같은 목소리였다.

——그런 이야기는 내가 아니라 샤스틸에게 하라고.

네피도 제대로 위로해주지 못하는 게 자간이다. 이럴 때 해줄 수 있는 말 같은 건 모른다.

한동안 고민한 자간은 심드렁하게 내뱉었다.

"시답잖군."

"……."

노골적으로 어깨를 늘어뜨리는 네프테로스의 모습을 보고 자간이 덧붙였다.

"자신이 누구인가 하는 물음에 대한 답이 어디 있어. 나 역시 어디서 태어난 누구인지 몰라. 그래도 자신이 아닌 다른 그 누구도 될 수 없는 게 인간이잖아."

네프테로스는 깜짝 놀라 자간을 올려다보았다.

자신을 바보 취급하는 건지 타이르는 건지 모르겠다는 듯 눈을 깜빡거리더니 확인하는 것처럼 입을 열었다.

"그거 혹시, 격려해……주는 거야?"

"네 마음대로 해석해."

아무래도 네피가 아닌 다른 사람에게 '그렇게 보이나?'라고 말할 수는 없었다.

하지만 다음 순간 자간은 그런 것도 잊고 눈을 휘둥그레 떴다.

네프테로스가 입가를 느슨하게 풀고 온화하게 웃고 있었던 것이다.

"네페리아가 고민에 잠긴 당신의 모습이 귀엽다고 했던 게 무슨 뜻인지 알겠어."

"……내가 손님이라고 못 죽일 줄 알아?"

자간은 얼굴을 찌푸렸지만 네프테로스는 씁쓸하게 웃으면서 일

어섰다.

"일단 고마워. 조금이지만 마음이 편해졌거든."

바로 앞에서 그런 말을 하자 왠지 쑥스러워진 자간은 어깨만 으쓱일 뿐이었다.

그러더니 미간을 찌푸렸다.

"그나저나 그건 뭐야?"

"……? 아아, 이거?"

네프테로스가 가리킨 것은 미스릴로 된 펜던트였다. 네피의 일지와 함께 보관되어 있던 것이다.

자신도 모르는 사이에 주머니에서 사슬이 흘러나와 늘어져 있었던 모양이다.

——그러고 보니 이것에 대해서는 아직 알아보지 않았군.

자간은 주머니에서 펜던트를 꺼냈다.

"촌장의 저택에 숨겨져 있던 것이다. 아직 조사는 해보지 않았지만 무슨 세공 같은 게 되어 있는 것 같아."

"흐음. 잠깐 좀 볼 수 있을까?"

"그건 상관없지만 망가뜨리지 마."

"안 망가뜨려."

네프테로스는 펜던트를 들고 뚫어져라 관찰했다.

그러더니 눈썹을 치켜떴다.

"여기, 열 수 있게 되어 있는 것 같은데?"

"뭐야, 진짜냐?"

듣고 보니 펜던트에는 작은 틈이 있었다.

"열 수 있겠어?"

"해볼게."

네프테로스가 손톱으로 표면을 몇 번 긁자 잠금장치가 열린 듯했다.

딸깍 소리를 내며 펜던트가 열렸다.

그 안에는 초상화 한 장과 짧은 글귀가 새겨져 있었다.

"이건, 네피와 네피의 어머니인가……?"

초상화에는 새하얀 머리의 갓난아기를 안은 젊은 엘프 여인이 그려져 있었다. 네피의 어머니일까. 어쩐지 네피와 닮은 것 같다. 그녀 역시 하얀 머리와 파란 눈동자를 가진 엘프――하이 엘프다.

별로 의외는 아니었지만 문제는 다음 글귀였다.

자간은 선뜻 믿기지 않는 기분으로 글귀를 읽었다.

"――사랑하는 나의 딸 네페리아에게――타이타니아――."

몇 백 년 전, 〈마왕〉 오리아스에게 도전했다가 죽은 것으로 알려진 엘프의 이름이었다.

"타이타니아……라."

밤.

네프테로스가 열어서 보여준 펜던트를 들고 자간은 고민스럽게 중얼거렸다.

저녁 식사는 이미 끝났고 네피는 포레와 함께 난로 앞에서 도토리를 펼쳐놓고 이러저런 이야기를 나누고 있었다.

저녁 무렵, 어쩌다 보니 자간이 도토리로 구운 과자를 만들어줬는데 의외로 호평이었다. 제대로 된 조미료가 없어서 벌꿀을 넣어 대충 만든 것인데도 처음 본 과자에 대한 신기함이 맛을 잊게 만든 것이리라.

난로에서 조금 떨어진 테이블에서는 발바로스가 술을 퍼붓듯 마셨고 그런 그를 샤스틸이 말리고 있었다.

다른 의자에서는 네프테로스가 생각에 잠긴 모습으로 난로의 불을 바라보고 있었다.

낮에 있었던 일이 조금 걱정되었지만 지금은 많이 괜찮아진 것 같았다. 계속 침울한 상태라면 한동안 성에서 지내도록 해서 돌봐주는 것도 나쁘지 않았다.

키메리에스와 고메리의 모습은 없었다.

엄숙한 가위바위보 끝에 저녁 설거지는 그들이 맡게 되었기 때문이다. 지금은 주방에서 비좁니 어쩌니 하면서 그릇을 씻고 있는 중이다.

그런 동료들의 모습을 보며 자간은 한숨을 흘렸다.

——이제 어떻게 할까…….

마을에 남아 있는 건물의 수는 얼마 되지 않았다. 오늘 하루 동료들이 조사해준 덕분에 도움이 될 만한 책과 유산을 회수했다.

남은 것은 이곳을 어떻게 탈출할 것인가, 그리고 어떻게 네피를 원래대로 되돌릴 것인가다.

그리고 두 가지 문제가 자간을 고민하게 만들었다.

하나는 이 펜던트에 새겨진 타이타니아라는 이름이다.

이 마술사가 사망한 시기는 몇 백 년 전으로 알려져 있는데, 여기에는 네피가 그의 딸이라고 새겨져 있다. 즉 네피는 타이타니아의 딸이라는 뜻 같은데, 이 큰 시간의 차이는 과연 무엇일까.

다른 누구도 아닌 〈마왕〉에게 반기를 든 인물이다.

아무도 모르게 타이타니아가 살아 있을 가능성은 낮다. 기본적으로 〈마왕〉은 타인에게 관심이 없지만 적에 대해서만큼은 집요하고 가차 없으니까.

만약 살아 있다면 〈마왕〉 오리아스에게 산 채로 잡혔을 경우 정도일까.

하지만 그 경우에도 산 제물이니 마력 착취니 하는 가혹한 인체 실험을 겪게 되었을 테니 임신을 할 기회도 낳을 체력도 없었을 것이다.

자간처럼 오리아스가 타이타니아에게 첫눈에 반해 아내로 맞았을 가능성도 없지는 않지만, 이전에 만난 〈마왕〉들에게 그렇게 정상적인 감성이 남아 있는 것 같지는 않았다.

그렇다면 남은 가능성은 한 가지밖에 없는데…….

──그 경우라면 오리아스를 죽이기 어렵겠는걸…….

이번 일의 범인은 십중팔구 오리아스다.

타이타니아와 관계가 있……다고 할까, 이 마을의 존재를 알고 있고 네피를 어린아이로 만들 수 있는 존재라면 달리 떠오르는 사람이 없다.

샤스틸의 말에 의하면 이 마을은 영기가 강하며 네피에게 그 힘을 빌려주고 있다고 한다. 이곳에서 네피에게 주문을 걸려면 마왕 후보가 몇 명이나 한꺼번에 달려들어야 가능할 것이다.

이번 일은 비프론스도 관계가 없는 것 같고 말이다.

하지만 자신보다 격이 아래라면 모르겠지만, 자신과 동등한 존재인 〈마왕〉을 죽이지 않고 쓰러뜨리는 것은 자간에게도 보통 힘든 일이 아니다.

과연 오리아스를 죽이지 않고 쓰러뜨려서 네피를 원래대로 되돌릴 수 있을까.

이것이 첫 번째 문제다.

또 다른 문제는…….

자간은 포레와 마주보고 웃는 네피를 바라봤다.

평소의 네피는 귀가 보여주는 표정은 풍부해도 얼굴에 감정을 드러내는 일은 거의 없다. 아니, 그러지 못하는 것이다. 그래도 최근 들어서는 표정 근육도 조금 부드러워진 것 같기는 하지만.

하지만 저 소녀가 이렇게 웃는 모습은 자간도 처음 봤다.

네피의 얼굴에서 표정이 사라진 원인은 이 마을을 버렸다는 트라우마다.

하지만 그때까지 이 마을 엘프들에게 당한 일도 영향을 미쳤으리라. 촌장의 일지에는 네피의 얼굴에서 미소가 사라지는 과정이 자세히 묘사되어 있었다.

——지금의 네피와 진짜 네피, 과연 누가 더 행복할까…….

이 네피 또한 네피다.

아직 어린데도 불구하고 고민에 빠진 타인을 위로할 줄 아는 다정함을 가지고 있고, 자간을 비롯한 다른 동료들과 함께 지내온 기억을 잃어버린 것도 아니다.

게다가 이렇게 즐겁게 웃는 모습을 지켜주고 싶다는 마음도 들었다.

네피를 원래대로 되돌린다는 이야기는 지금 이 미소를 잃게 된다는 것을 의미한다.

마술사는 불로장수한다.

앞으로 10년만 지나면 그냥 둬도 네피는 원래 모습대로 성장할 테니 그냥 **기다리는** 방법도 있다.

마술사에게 10년은 그리 긴 시간이 아니니까.

그 짜증나는 일지를 본 후에는 계속 그런 생각이 들었다.

그렇게 고민하고 있는데 고메리와 키메리에스가 주방에서 돌아왔다. 나이를 바꾸는 것이 귀찮았는지 고메리는 어린 소녀의 모습, 키메리에스는 소녀들과 놀아주기 위한 사자의 모습을 하고 있었다.

“뒷정리는 다 끝났다.”

“그래, 수고 많았어.”

“……? 무슨 일이라도 있나? 심각한 표정을 짓고 있군. 마을의 결계를 깨는 게 역시 어려운 건가?”

고메리까지 걱정하는 것을 보니 어지간히도 심각한 얼굴이었던 모양이다.

자간은 어깨를 으쓱이더니 펜던트를 들어 보였다.

“오리아스라는 〈마왕〉을 알고 있나?”

그러자 고메리의 얼굴이 노골적으로 굳었다.

“그, 그야, 이름 정도는……. 설마……?”

“맞아. 이번 일의 범인은 오리아스다. 그 녀석을 죽일지 말지 고민하고 있는 중이고.”

고메리는 키메리에스의 등에서 머리를 감쌌다.

“아~……. 역시…….”

“……? 뭐야, 혹시 아는 사이냐?”

“아~……으~…….”

고뇌하는 고메리 대신 키메리에스가 입을 열었다.

“〈마왕〉 오리아스는 고메리 씨의 스승이십니다.”

자간은 하마터면 펜던트를 떨어뜨릴 뻔했다.

"정말이냐?"

"……뭐, 그렇지."

이마에 땀이 송글송글 맺힌 모습을 보니 자간도 왠지 사정을 알 것 같았다.

"너, 중간부터 오리아스의 짓이라는 걸 눈치채고 있었던 거냐?"

"……그럴지도 모른다는 생각은 했지."

고메리의 마술과 네피에게 걸린 주문에는 공통점이 많다.

그 시점에서 눈치를 챘어야 했지만, 네피가 어린아이로 변한 모습을 보고 동요한 나머지 자간도 그 점을 간과하고 말았다.

고메리는 당황해서 두 손을 흔들었다.

"말해두지만 난 아무 짓도 하지 않았어. 스승님과는 100년 가까이 만나지도 않았고. 너희들에 대한 정보도 흘리지 않았다."

"그런 걸 의심하는 게 아니야."

고메리가 말하지 못했던 이유도 모르지는 않는다.

이 폐쇄된 공간에서 범인과 아는 사이라는 사실이 알려지면 어떤 의심을 받게 될지 모른다.

그렇기 때문에 그 점을 비난할 생각은 없었다.

그 대신 자간은 물었다.

"오리아스는 어떤 마술사지?"

"어디 보자……. 내가 가진 연령 조작 마술은 스승님에게 배운 것이니 같은 마술을 사용하고 있고. 그리고……, 아, 그래, 스승님은 엘프다."

그건 자간도 몰랐던 정보다.

"……확실해?"

"그래. 스승님은 늘 후드를 깊이 눌러쓰고 있어서 나도 얼굴을 본 적은 없지만 딱 한 번 후드가 벗겨진 모습을 본 적이 있지. 스승님의 귀는 분명 엘프의 귀였어."

"그렇군."

그러자 키메리에스가 의아한 듯 물었다.

"그렇지만 오리아스 님은 〈요정왕〉 타이타니아를 죽인 분이잖아요? 같은 엘프인데 그런 짓을 할까요?"

"……같은 엘프이기 때문에 동족 혐오 같은 감정을 가질 수 있는 것 아닐까?"

적어도 네피가 이 마을에서 받았던 건 그런 취급이다.

키메리에스는 납득이 가지 않는 듯 신음을 흘렸지만 자간은 고개를 끄덕였다.

"덕분에 확신이 생겼다. 고마워."

그렇게 말하자 고메리의 눈이 동그래졌다.

"뭐야, 왜 좀 더 빨리 말하지 않았냐고 화내지 않는 게냐?"

"눈치채지 못했던 내가 멍청한 거지 네가 잘못한 건 아니니까."

아무래도 상관없다는 듯 대답하자 고메리는 '음' 하고 자신의 어린 모습을 내려다봤다.

"나의 〈마왕〉 앞에서는 이 모습으로 있는 게 좋은 것 같군."

"……확실히 말해두지만 난 상대가 아이라도 죽일 때는 죽인다."

"크흐흐, 알아서 조심하도록 하지."

고메리는 유쾌하게 웃으며 그 자리를 떠나더니 다른 소녀들과 함께 난로 앞에 누웠다.

자간은 그런 고메리를 괘씸한 듯 노려봤지만 이내 작게 고개를 끄덕였다.

——이것으로 오리아스에 대한 대책은 정해진 건가.

이제 네피만 남았다.

다시 펜던트를 보며 고민하고 있자 누가 로브 자락을 쭉쭉 잡아 당겼다.

그쪽으로 시선을 주니 어느새 네피가 옆에 와서 걱정스러운 표정을 짓고 있었다.

"네피? 다른 아이들과 놀지 않아도 되니?"

그렇게 말하며 웃어 보이자 네피는 고개를 휙휙 흔들었다.

"짜간 님, 무슨 일 있었어요? 굉장히 심각한 얼굴이었어요."

역시 어려져도 네피는 네피다.

이 소녀에게 비밀은 통하지 않는 것 같다.

자간은 체념한 것처럼 고개를 끄덕였다.

"음……. 네피, 만약 싫은 일이 있고, 그 일을 바꿀 수 있다면 어떻게 할 거니?"

네피에게 대답을 맡기는 것은 아니지만 뭐라고 대답할지 알고 싶었다.

네피는 고개를 갸웃거렸다.

"바꾼다는 건 없었던 일이 된다는 뜻인가요?"

"그래. 없었던 일로 하고 바꾼다는 거다."

그러자 네피는 어려운 문제라도 되는 것처럼 음~ 하고 신음을 흘리며 고개를 갸우뚱거렸다.

——음, 누군가의 고민하는 모습이 이렇게 귀여울 수도 있다니.

물론 자신의 고민하는 모습이 이렇게 귀여울 리는 없지만 네피가 했던 말도 어느 정도 일리는 있는 것 같았다.

이윽고 네피는 머뭇거리며 말하기 시작했다.

"오늘 뽀레 언니랑 도토리를 찾고 있는데 벌레가 나와서 너무 무서웠어요."

그러고 보니 도토리를 모으던 네피가 큰 소리로 비명을 지른 적이 있었다.

아무래도 벌레 먹은 밤을 주워서 놀랐던 모양이다. 나중에 그 도토리는 태워버리자.

네피의 말은 계속 이어졌다.

"밥을 먹을 때도 생각나서 굉장히 싫었지만 그걸 없었던 일로 만들면 뽀레 언니랑 도토리를 모았던 것도 없었던 일이 되는 거예요? 그렇다면 좀 싫은 것 같아요."

"똑같이 포레와 다시 도토리를 모을 수 있다고 해도?"

"네. ……제가 울려고 하니까 뽀레 언니가 도토리를 저 멀리 던지고 위로해줬어요. 그건 제가 싫은 일을 겪었기 때문에 경험할 수 있는 일이잖아요."

열심히 대답해준 네피를 자간은 번쩍 들어 무릎 위에 앉혔다.

네피는 또 기쁜 듯 에헤헤 하고 웃었다.

"그래, 네 말이 맞아. 힘든 기억도 모두 자신의 것이지."

"네!"

생글생글 웃으며 대답하는 네피를 본 자간은 침통한 심정으로 말했다.

"네피, 네가 나를 아주 좋아한다고 말해준 것처럼 나도 널 아주 좋아한단다. 하지만 그건 역시 나와 함께 힘든 일을 겪으며 걸어와준 것까지 전부 다 포함해서 좋아하는 거야."

이 숨겨진 마을에서 겪은 일만이 아니다. 자간이 상처를 준 적도 있다. 네프테로스가 네피에게 상처를 주어서 고민했던 적도 있었다.

하지만 그 순간을 함께 지냈다는 사실은 자간에게 있어서 무척 소중한 기억이다.

머리를 쓰다듬으며 그렇게 말해주자 네피는 이상하다는 표정을 지었다.

"네피, 난 널 사랑한다. 그래서 내가 사랑했던 네피를 다시 되찾고 싶어."

그것이 자간의 대답이었다.

"지금부터 넌 괴로운 기억을 가지게 될 거다. 그러나 네가 있는 곳은 늘 내 곁이다. 그러니, 저, 그……."

자간의 서툰 말에도 네피는 열심히 귀를 기울였다.

그 점을 의식하자 한층 더 뭐라고 말하면 좋을지 알 수 없었지만, 그래도 자간은 굴하지 않고 끝까지 말했다.

"나를 따라와줘. ……아니, 조금 다른가. 나를 따라와, 네피. 넌 내 것이다. 그러니 그 누구도 네게 손대지 못하게 할 거고, 그 무엇도 잃게 두지 않을 거야."

지금의 네피에게는 어려운 이야기였을까.

어린 네피는 어리둥절한 모습이었지만 곧 고개를 끄덕였다.

"네! 짜간 님 뜻대로 하세요."

"……착한 아이구나."

마지막으로 한 번 더 머리를 쓰다듬어준 다음 네피를 무릎에서 내렸다.

그리고 가볍게 기지개를 켠 다음 방에 있는 동료들을 불렀다.

"슬슬 이곳을 날려버릴 생각이다. 모두 돌아갈 준비를 시작하도록."

""""""뭐어?""""""

그 말에 모두가 아연실색해서 외쳤다.

"돌아갈 준비를 하라니, 지금? 이미 밤인데?"

발바로스는 계속 술을 마시고 싶은 듯 비명을 질렀지만 자간은 매정하게 고개를 끄덕였다.

"술이 마음에 들면 가지고 돌아가면 되잖아? 한 시간 기다려줄 테니까 어서 해."

이번에는 포레가 눈을 비비며 말했다.

"자간, 졸려."

"그러면 자고 있어라. 키메리에스, 포레와 네피를 부탁한다."

"네, 알겠습니다."

키메리에스는 사자 얼굴에 쓴웃음을 지으면서 포레를 등에 태웠다.

이번에는 고메리가 어이없다는 듯 말했다.

"거 참, 방금 전까지 고민하고 있던 게 누구더라?"

"사소한 일이다. 신경 쓰지 마."

그렇게 말하고 재촉하자 고메리도 작은 몸으로 책과 활 같은 수확물을 정리하기 시작했다.

뒤이어 네프테로스가 깜짝 놀라 중얼거렸다.

"갑자기 그게 무슨 말이야. 서두를 이유라도 생긴 거야?"

"서두를 이유는 없지만 계속 관찰 당해줄 이유도 없으니까."

이번 사건의 범인인 오리아스는 아마 아직 근처에 있을 것이다. 그리고 자간 일행의 모습을 감시하고 있을 터.

할 일이 정해진 이상, 그렇게 놔둘 필요도 없어졌다.

마지막으로 샤스틸이 재미있다는 듯 말했다.

"드디어 원래 당신으로 돌아온 느낌이네."

"그래?"

"응. 그나저나 난 뭘 하면 돼?"

"네피와 포레를 지켜줘. 그것만으로 충분해."

자간은 그렇게 말하고 네피의 머리를 쓰다듬는다.

"나머지는 전부 내가 해결할 테니까."

상대가 누구든, 어떤 의도로 그랬든 네피에게 손을 댔다는 사실에는 변함이 없다.

그렇다면 철퇴를 내리는 게 자간이 할 일이다.

◇

밖으로 나가자 어제 저녁과는 달리 아직 따뜻했다.

필요한 것은 대충 들고 나온 참이다.

저택 앞 광장에는 이미 모두 모여 있었다. 이제부터 무슨 일이 일어날지 모르기 때문에 고메리도 장난은 그만두고 미녀의 모습이 되어 있었다.

"도대체 어떻게 할 생각인데? 여긴 네 '마술 먹어치우기'로도 깰 수 없다고 하지 않았냐?"

수상쩍어하는 발바로스를 향해 자간은 가볍게 고개를 끄덕여 보였다.

"마술이든 마법이든, 마력이니 영기니 하는 힘의 흐름을 조종하고 있다는 사실에는 변함이 없지. 그걸 불태우면 결계도 유지하지 못해."

샤스틸이 고개를 갸웃거린다.

"……? 마술의 이론에 대해서는 잘 모르지만 그런 짓을 해도 괜찮아? 영기라는 건 자연의 힘 그 자체 같은 거라고."

자간은 당연하다는 듯 고개를 끄덕였다.

"이 주변 일대를 초토화할 거다. 그 자연이라는 것을 죽이는 거니까."

그 말을 듣자 업무 상태인 샤스틸도 새파랗게 질리지 않을 수 없었다.

"다, 다시 생각해봐, 자간! 이곳은 북쪽의 성지, 교회도 발을 들여놓기를 꺼리는 신성한 땅이란 말이야. 그런 곳을 초토화하다니, 그건 신에 대한 모독이나 마찬가지야!"

"그 신에 가까운 마법을 깨는 거니까 당연히 모독적이지……."

"우와! 역시 마술사는 악당이다!"

마침내 이성을 잃은 모양이다.

울고불고 난리를 피우기 시작하는 샤스틸을 발바로스가 뒤에서 단단히 끌어안고 제지했다.

"귀찮아 죽겠네! 하려면 어서 해!"

"그러지."

자간은 새끼손가락부터 순서대로 쥐어짜는 것처럼 주먹을 쥐더니 하늘을 향해 높이 치켜들었다.

"모두 불태워라——〈천린〉!"

오른손에 마력으로 이루어진 검은 마법진이 떠오른다.

주위의 마력을 닥치는 대로 흡수해서 연소시키는 마력……, 아니, 생명력 그 자체를 불사르는 마술이다.

이것이 마족이라는 인지를 초월한 존재를 죽이기 위해 자간이 만들어낸 유일한 힘이다. 이 힘 두 번이면 마신의 잔류사념도 소멸시킬 수 있다.

고메리가 씩 미소 지었다.

"옳거니, '진흙 마신'을 없앤 힘이로군. 그 힘이라면 엘프의 결계도 깰 수 있을 거다."

자간은 주먹으로 땅을 내리친다.

묵직한 땅울림과 함께 검은 불길이 솟아올랐다. 그 불은 대지를 핥듯이 번져 가더니 그대로 사라졌다.

하지만 그 불길이 닿은 곳은 모두 검은 재로 변해 있었다.

불길은 촌장의 저택까지 집어삼켜 먼지로 변해——야만 했다.

「거 참……. 정도를 모르는 남자로군.」

잔뜩 쉰 그 목소리는 머리 위에서 들려왔다.

촌장의 저택 위에 로브를 걸친 그림자가 서 있는 것이 보였다.

오른손에 있는 〈마왕의 각인〉이 욱씬거린다.

——〈마왕의 각인〉이 공명하고 있어.

즉, 눈앞에 있는 사람은 〈마왕〉 중 한 명이 틀림없다는 뜻이다.

네피가 겁에 질린 얼굴로 자간의 뒤에 매달렸다.

"저 자식, 어느 틈에!?"

발바로스를 비롯한 다른 동료들이 싸울 태세에 들어가자 자간은 한 손을 들어 제지했다.

"드디어 모습을 드러냈군."

로브를 걸친 자는 공중에 떠 있었다. 밤이라 그 밑에 그림자가 생기지 않아서 이렇게 보고 있는데도 정말로 그곳에 있는지 의심스러워졌다.

그럼에도 이 사람은 줄곧 자간 일행 곁에 숨어 있었던 것이다.

자간은 앞을 본 채 고메리에게 물었다.

"고메리, 네 스승이라는 자가 이 녀석 맞아?"

"으, 음……. 맞다."

평소에는 제멋대로인 고메리도 지금은 뺨에 식은땀을 흘리며 목소리를 떨었다.

자간은 저택에 닿기도 전에 사라진 〈천린〉의 흔적에 의식을 집중했다.

——힘으로 억지로 막은 게 아니군. 어떤 마술로 마력의 흐름을 끊어버린 건가?

비유를 하자면 그곳만 공간을 도려낸 것과 비슷하다. 〈천린〉은 그 도려내진 범위만을 불태우고 사라져버린 것이다.

역시 아직 개선의 여지가 있다고 통감함과 동시에 그가 자간의 마술에 대해 철저히 조사했다는 사실을 알 수 있었다.

——비프론스의 야회에서 다 보고 있었던 거군.

자간이 이 마술을 사용한 건 딱 두 번.

첫 번째는 마족의 키메라와 싸웠을 때.

두 번째는 비프론스의 야회다.

두 번째는 '진흙 마신'이 죽을 때까지 여러 번 사용했고, 그곳에서 살아남아 자간의 부하가 되지 않은 마술사들도 제법 존재한다.

그곳에 이 마술사의 부하가 있었거나 생존자를 심문한 건가.

어느 쪽이 됐든 이 사람에게 〈천린〉을 사용해봤자 아무 소용이 없을 거라고 확신할 수 있었다.

자간은 그렇게 생각하고 입을 열었다.

“오랜만이군, 이라고 해야 하나? 네가 〈마왕〉 오리아스인가 보군.”

그렇게 말을 하자 로브 차림의 그림자는 과장되게 고개를 끄덕였다.

「그래. 내가 오리아스야, 〈마왕〉 자간.」

로브 차림의 그림자――오리아스는 조용히 대답했다.

자간은 친한 친구와 대화를 나누는 것처럼 말했다.

“미안하지만 그걸 좀 날려버리고 싶은데 비켜주면 안 될까?”

오리아스는 자간의 말에 대답하는 대신 재로 변한 일대를 애처롭게 내려다보았다.

「이것 참……. 자네는 어마어마한 속도로 힘을 손에 넣고 있군. 그야말로 폭군의 힘이다.」

아무래도 비켜줄 생각은 없는 것 같다.

음, 하고 자간은 눈썹을 찌푸렸다.

“혹시 내가 〈마왕〉의 자리를 계승하는 데 반대했었나?”

「반대는 하지 않았지만 위험하다는 충고는 했지. 아무도 귀를 기울이지 않았지만 말이야. 뭐, 원래 〈마왕〉이란 그런 생물이지.

어쩔 수 없어.」

즉 오리아스는 비프론스와 달리 자간을 명확히 위험인자로 인식하고 있다는 말이다.

위험인자는 제거하는 것이 일반적이다.

이곳에서 싸운다는 것은 〈마왕〉끼리 온힘을 다해 격돌한다는 것을 의미한다.

그 사실은 동료들도 알고 있으리라.

긴장된 분위기에 모두의 이마에 땀이 맺혀 있다. 평범한 마술사라면 이곳에 있는 것만으로도 졸도할 것이다.

자간은 신중하게 말을 골라 말했다.

"한 가지 대답해줄 수 있나?"

「내게 그럴 의무는 없는 것 같은데.」

숨이 막혔다.

말에 마력을 실어둔 것이리라. 물리적인 폭력을 가진 말에 건물의 돌벽에 금이 가고 근처에 벼락이라도 떨어진 것처럼 이명이 생겼다.

뒤에 있는 몇 명이 버티지 못하고 무릎을 꿇는다.

비프론스는 까닭 모를 불길함을 가진 〈마왕〉이었지만 오리아스는 조용하고 격렬한 〈마왕〉이었다.

그런 〈마왕〉을 앞에 두고 자간은 오히려 도전적인 미소를 지으며 발을 내딛었다.

"아니, 대답해줘야겠어. 싫다고 해도 거기서 끌어내려서 꼭 대답을 듣고 말겠다."

마찬가지로 자간도 마력을 담아 오리아스를 후려쳤다.

두 〈마왕〉 사이에서 힘의 소용돌이가 발생하여 땅에 굴러다니던 바위와 나무들까지 공중에 떠올랐다.

샤스틸이 그 광경을 보고 새파랗게 질렸다.

"자, 잠깐 기다려, 자간! 그 녀석은 너무 위험해. 나도 같이 싸우겠다!"

힐끔 쳐다보니 검은 아직 뽑지 않았지만 자루를 쥔 손이 떨리고 있었다.

자간은 별일 아니라는 듯 말했다.

"당황하지 마. 난 그냥 대화를 나누고 있는 것뿐이다. 그걸 뽑아 드는 건 상대가 대화도 못하는 망할 자식이라는 것을 알고 나서도 충분해."

오리아스의 눈이 가느스름해졌다.

「싸구려 도발이군. 하지만 좋아. 어디 한번 말해봐. 대답해주겠다고 장담하지는 못하지만.」

펑 소리와 함께 허공에 떠 있던 바위와 나무들이 부서졌다.

그 파편이 자간의 뺨을 스치자 피가 살짝 배어났다.

그것조차 즐겁다는 듯 미소를 지은 자간은 자신의 뒤——무릎을 꿇고 숨을 헐떡이는 고메리를 가리켰다.

"고메리가 '사랑의 힘'이니 어쩌니 하는 말을 꺼낸 건 네가 원인인가?"

네피, 그리고 포레와 함께하는 가족 여행에 자기 마음대로 따라오지를 않나, 사랑의 힘이니 어쩌니 하며 네프테로스를 놀리지 않나, 소녀로 변해서 자간을 곤란하게 만들지를 않나, 이 할망구, 해도 해도 너무했다.

「어……?」

공기가 얼어붙었다.

지금까지 보여준 위압적인 분위기는 어디로 갔는지 오리아스는 얼빠진 목소리로 중얼거렸다.

고메리는 머리 뒤로 손을 돌려 깍지를 낀 채 쉰 목소리로 휘파람만 불 뿐이었다. 그 얼굴은 식은땀으로 흥건했지만.

오리아스는 얼굴을 붉으락푸르락하며 한동안 굳어 있다가 마침내 머리를 살짝 숙였다.

「저……. 내 제자가 큰 실수를 저지른 것 같은데, 미안하게 됐다.」

——사과했다!

설마 〈마왕〉이 머리를 숙일 줄은 몰랐는지 자간 역시 아무 말도 하지 못했다.

키메리에스가 참다못해 중얼거렸다.

"고메리 씨, 역시 스승님께 창피를 주는 건 좀……."

"윽, 크윽, 자간! 스승님께 고자질할 것까진 없잖아!"

「——넌 가만히 있어.」

"……네."

스승이 나무라자 제아무리 고메리라도 그 즉시 얌전해졌다.

자간도 일이 이렇게 커질 줄은 몰랐던 터라 왠지 나쁜 짓을 한 듯한 기분이 들었다.

틀림없이 '바보 취급하는 거냐?'라며 공격할 줄 알았는데…….

기선을 제압할 기회를 잃은 오리아스는 의기소침한 모습으로 다시 한 번 사과했다.

「정말 미안하다.」

"……아니, 알았으면 됐다."

자간도 겸연쩍은 듯 머리를 옆으로 흔드는 것 말고는 할 수 있는 게 없었다.

오리아스가 마음을 다잡고 말했다.

「내 제자가 저지른 일의 뒷수습은 나중에 하기로 하고, 미안하지만 자네들을 이곳에서 내보낼 수는 없네. 여기서 얌전히 살아주면 좋겠는데.」

못난 학생을 나무라듯 이야기하는 노파의 말에 자간은 아주 재미있는 농담이라도 들은 것처럼 웃었다.

"——거절한다."

오리아스는 깊은 한숨을 내쉬었다.

「유감이군. 이곳을 전장으로 만들고 싶지 않았는데…….」

그렇게 한탄하는 목소리가 개전을 알리는 신호가 되었다.

◇

「——그대는 별처럼 빛나는 자. 천칭을 들고 선악을 중재하는 자——.」

오리아스가 읊조린 것은 그런 주문이었다.

네프테로스의 얼굴이 눈에 띄게 새파래졌다.

"그럴 수가……, 그건, 내——."

〈아스텔 에크리크시스(파멸의 유성)〉——네프테로스가 시도했다가 실패한 신령 마법이다.

그리고 이 힘을 사용할 수 있는 건 네피와 네프테로스, 두 하이 엘프 뿐일 터였다.

반딧불 같은 빛이 〈마왕〉의 주위를 떠도는 것을 보면서 자간은 별일 아니라는 듯 말했다.

"하이 엘프의 잠재된 힘이 발현하는 일이 100년에 한 번 있을까 말까 하더라도 엘프와 마술사 모두 불로장수한다. 몇 백 년이나 되는 옛날에 다른 하이 엘프가 태어났다고 해도 전혀 이상하지 않지."

"지금 그런 말을 할 때냐? 저런 것에 맞으면 잠시도 버티지 못한단 말이다!"

발바로스가 그렇게 외치며 마술의 불길을 쐈다.

아니, 불길이라기 보다는 열선이다.

작열하는 그 불길에 살짝 닿기만 해도 바위는 진흙처럼 녹아내리고 쓰러진 나무들은 순식간에 불타버린다.

이 남자도 마왕 후보에 이름을 올렸던 마술사다. 그 힘은 당시의 자간보다도 더 위라고 할 수 있다.

그 마술은 용의 입김에도 비견되는 일격이었는데…….

파앙, 신령 마법의 빛에 닿자 열선은 그대로 사라지고 말았다.

"말도, 안 돼……."

멍하게 있는 발바로스를 보고 자간은 고개를 흔들었다.

"그만둬. 그 '진흙 마신'에게도 먹히지 않고, 오히려 그것을 파괴했던 힘이다. 웬만한 마술로 깨는 건 힘들어."

"웬만한 마술이라니, 내 비장의 무기 중의 하나라고, 방금 그건……."

발바로스의 마술이 강하다고 해도 결국 **웬만한 위력의** 마술인 것이다.

신령 마법이나 자간의 마술처럼 공격만을 목적으로 한 마술이 아닌 한 오리아스의 방어를 깨는 건 불가능하다.

그것은 곧 마술사에게는 오리아스를 공격할 수단이 없다는 것을 의미했다.

그러는 동안 오리아스의 주문은 다음 구절로 넘어갔다.

「──허나 천칭은 부서졌다. 질서는 사라지고 대지는 붉은빛으로 물들리라. 고로 이는 벌이자 속죄를 위한 용서의 철퇴이니라.」

오리아스를 지키고 있던 빛이 방향을 바꾸어 자간 일행을 향해 쏟아진다.

"모두 내 뒤에 있어."

자간은 동료들에게 그렇게 외치더니 팔을 높이 들었다.

그 팔에는 빛나는 마법진 하나가 떠 있었다.

"〈천린(天鱗)〉인가? 하지만 그것 하나로 어떻게……."

이 마술은 〈천린〉과 짝을 이루는 마술로 주위에 있는 마력을 흡수해서 계속해서 강도를 높여간다.

신령 마법의 일격을 견뎌내는 방패가 될 수는 있지만, 그 크기는 손바닥 안에 쏙 들어올 정도다.

오리아스가 만들어낸 빛은 백 개를 가볍게 뛰어넘어서 그 모든 빛을 다 막고 동료들을 지켜내기에는 턱없이 부족한 방패였다.

그래도 자간은 조금도 당황하는 기색 없이 고개를 옆으로 흔들었다.

"자, 보고 있어."

자간은 작은 마법진으로 쏟아지는 빛을 하나씩 튕겨냈다.

그러나 어차피 발버둥에 지나지 않는다.

빛은 자간을 에워싸듯 점점 더 퍼져 갔다.

그리고 오리아스는 그 동안에도 주문을 계속 외우고 있었다.

신령 마법은 마지막 구절에 이르렀다.

「――하늘의 빛은 모두 별. 널리 빛나며 떨어지는 겁화(劫火). 자비도 한탄도 없이 받은 심판 그대로 사라지자. 이는 속죄의 기도――아스텔 에크리크시스(파멸의 유성)!」

주위에서 밀려든 빛이 한 점에 모이고――

그리고 폭발적으로 퍼졌다.

그 직후, 하늘까지 꿰뚫을 것 같은 강렬한 빛이 터져 나왔다.

네피가 사용한 신령 마법은 엄숙하게 모든 것을 소멸시켰지만, 오리아스의 신령 마법은 폭풍처럼 거센 폭발을 일으켰다.

그렇게 선명하고 강렬한 빛을 바라보며 자간은 흥미진진하게 중얼거렸다.

"——음. 이게 바로 네가 지난번에 사용하려고 했던 신령 마법의 완성형인가. 좋은 기회다. 잘 보고 배우도록 해, 네프테로스."

빛이 잦아들자 그곳에는 상처 하나……, 아니, 그을음 하나 묻지 않는 자간과 동료들의 모습이 있었다.

시선을 돌리니 네프테로스가 숨을 삼키며 자신을 지켜준 '그것'을 올려다보고 있었다.

"이건, 비프론스 님을 후려친 그 마술……이야?"

네프테로스의 편지지에도 이것을 간략화한 마술을 심어뒀었다.

그녀의 말이 맞다면 〈마왕〉도 때려 죽일 수 있을 정도의 힘은 있다.

오리아스의 눈이 휘둥그레졌다.

「말도 안 돼——용, 이라고?」

자간 일행은 거대한 용의 보호를 받고 있었다.

하지만 살아 있는 진짜 용은 아니다.

마력으로 만들어낸 빛의 용이었다.

키메리에스의 등에서 포레가 멍하게 중얼거렸다.

"아름다워……. 아버지 같아."

"——〈천린 · 용식(龍式)〉——즉 천린으로 만들어낸 골렘이다."

그렇게 말하고 포레의 머리를 쓰다듬어주었다.

용의 몸을 구성하는 마력 전체가 천린으로 이루어져 있었다. 아무리 신령 마법이라도 이 장갑을 꿰뚫는 것은 불가능하다.

그 강도도 대단하지만, 다른 마력과 영기에서 생겨난 힘을 모조리 다 흡수한다는 점이 주목할 만한 점이었다.

마력을 흡수한다는 것은 모든 공격의 근원을 제거한다는 뜻이다. 그게 마술이든 성검이든 마력과 영기를 빼앗기고 원래 가진 힘의 절반도 사용하지 못한 채 가로막히게 되는 것이다.

발바로스가 신음하듯 말했다.

"이건 용의 술식이냐?"

"그래. 포레에게 배웠지."

자간도 포레가 그저 귀여워서 옆에 두고 있는 것만은 아니다.

아무리 어린 용이라도 현존하는 개체가 몇 안 되는 용에게는 배울 수 있는 지식이 얼마든지 있다.

그래서 포레는 자간의 사랑하는 딸이자 함께 마술을 배우는 동료이며 스승이기도 했다.

〈용식〉의 목을 어루만졌다.

"〈천린〉은 원래 용의 비늘을 본뜬 마술이다. 이 형태는 당연한 귀결이라 할 수 있지."

자간도 그저 튼튼한 마술을 만들었다는 이유로 기뻐했던 게 아니다.

이 모습을 이상적인 형태로 삼고 그 이론을 완성시키기 위해서

〈천린〉이라는 마술을 만들어낸 것이다. 이제 어느 정도 완성도가 확보되었으니 그 다음 단계로 넘어가는 건 자연스러운 일이다.

멋지게 〈파멸의 유성〉을 막아낸 용을 보며 자간은 고개를 끄덕였다.

——역시 신령 마법은 강력하지만 반드시 마술을 능가하는 것도 아니야.

결국 구조의 차이일 뿐이다.

능력이 있는 사람이 다루면 그게 무엇이든 강력해질 수 있다.

자간은 신령 마법의 구조는 다루지 못하지만 신령 마법을 막아내는 마술은 만들어낼 수 있다.

"전승에 나오는 현룡 오로바스에는 한참 미치지 못하지만 이런 용의 형태도 있다."

실제로 오로바스를 아는 포레의 눈에 어떻게 비치는지는 모르지만, 이게 자간이 생각하는 강한 용의 모습이었다.

포레가 파란색 눈을 반짝이더니 마음을 가라앉히려는 듯 심호흡을 했다.

그리고 용기를 쥐어짜듯 이렇게 말했다.

"아빠, 정말 멋있어."

포레 나름대로 바로 지금이 그 호칭으로 부를 때라고 생각한 모양이다.

"……음!"

자간은 가슴을 부여잡고 무릎을 꿇을 것만 같았지만 위엄을 잃지 않으려는 듯 미소로 대답했다.

그리고 경계심을 드러내고 있는 오리아스에게로 다시 시선을 돌린다.

"한 번 더 말하지. 그곳을 날려버릴 생각이다. 비켜주지 않겠나?"

그 말을 들은 오리아스의 얼굴이 노골적으로 일그러졌다.

「……상대가 나라도 싸움조차 되지 않는다 이건가?」

옷에 묻은 불씨를 털어내는 행위를 싸움이라 부르지는 않는다.

그렇다 보니 자간에게는 **싸우고 있다**는 감각이 없었다.

그저 자신이 선언한 대로 저택을 날려버릴 생각이었는데 오리아스가 방해가 되어서 비켜주기를 기다리고 있는 것뿐이다.

만약 이게 싸움이었다면 자간은 상대의 숨통을 끊어놓을 때까지 공격의 손을 늦추지 않을 것이다.

――그래도 이 정도면 충분히 기다린 거겠지?

자간은 저택을 슥 가리켰다.

거기에 응답하는 것처럼 용의 머리도 방향을 바꾼다.

"난 한 번 한 말은 끝까지 지키는 사람이다. 경고도 세 번은 하지 않아."

그리고 심판을 내리듯 이렇게 말했다.

"쏴."

「――.」

그 말을 들은 용이 빛으로 이루어진 입김을 내뿜는다.

오리아스는 눈을 커다랗게 뜨고 지붕에서 뛰어내렸다.

그 직후, 촌장의 저택은 빛에 꿰뚫려 그대로 증발했다.

이곳을 지키고 있었으니 오리아스도 방어 수단 정도는 마련해 뒀겠지만, 빛의 입김은 아무것도 없는 것처럼 모든 것을 집어 삼켰다.

동시에 〈용식〉의 몸도 흩어져 사라진다.

〈천린〉은 주위에 있는 마력을 흡수해서 그 강도를 높이는 마술이다. 용의 거구를 만들어내고 신령 마법을 받아내 축적된 마력을 모두 입김으로 바꾸어 내뿜은 것이다. 이윽고 빛이 잦아들자 그 자리에는 유리로 변한 지면만이 펼쳐져 있었다.

──음. 속이 시원하군.

네피에게 상처를 준 엘프의 집이다.

솔직히 불사자로 되살려서 괴롭히고 싶었지만 그건 네피가 원하지 않을 것이다.

그래서 존재했다는 증거를 뿌리째 소멸시키는 정도로 봐주기로 했다.

"음. 고작 이 정도인가."

네프테로스가 떨면서 중얼거렸다.

"고작……이라니? 이런 위력을 보여주고도 아직 부족하다는 말이야?"

자간은 용의 입김이 닿은 곳을 가리켰다.

달빛이 비추는 곳에는 유리로 변한 대지가 도중에 끊어져 있고, 그 너머에는 변함없이 평온한 숲이 펼쳐져 있었다.

"저 근처가 결계의 경계겠지. 〈용식〉으로는 이 결계를 파괴하지 못해. 방어력은 나무랄 데 없지만 공격력은 **아직 부족하다**."

네프테로스의 뺨에 땀이 흐른다.

"……부족하다니."

자간은 입김을 피한 오리아스를 바라봤다.

그렇게 가까운 거리에 있었으니 아무 영향도 받지 않았을 리 없는데도 오리아스는 아직도 후드를 뒤집어쓴 채 벗으려고 하지 않았다.

"소란스럽게 해서 미안하다. 우린 그만 돌아갈까 하는데 이곳의 결계를 풀어줄 수 있을까?"

그래도 상대는 〈마왕〉이다.

오리아스는 엄숙하게 입을 열었다.

「너희들을 이곳에서 내보낼 수 없다고 말했을 텐데.」

"무슨 주장을 하든 너의 자유다만, **괜찮겠나**?"

「……뭐?」

마치 선심이라도 베풀 듯 확인하는 자간의 말에 오리아스도 경계 태세에 들어갔다.

"네가 결계를 풀어주든 말든 우리는 이곳을 나갈 것이다. 정말 결계를 풀지 않아도 괜찮겠나?"

자간은 아직 방패로서의 힘밖에 보여주지 않았다.

공격은 하지도 않았다.

그 의미를 이해하지 못할 〈마왕〉이 아니다. 오리아스는 숨을 삼켰지만 그래도 물러나지는 않았다.

「끈질기군.」

오리아스는 손으로 땅을 짚고 뭔가를 중얼거리기 시작했다.

——또 신령 마법……은 아닌 것 같군.

오른손에 있는 〈각인〉이 열을 띠었다.

아무래도 〈마왕의 각인〉을 이용해서 무언가를 하려는 것 같다.

——그 전에 막을 방법도 있기는 한데…….

자간이라면 이 '공명'을 역이용해서 〈각인〉의 힘을 무력화 시킬 수 있다. 하지만 모처럼의 기회이니만큼 다른 〈마왕〉의 진짜 힘을 보고 싶은 마음도 있었다.

결국 자간은 팔짱을 낀 채 오리아스가 무엇을 하는지 기다리기로 했다.

그 순간 발바로스가 깜짝 놀라 소리를 질렀다.

"어이, 위험해, 자간! 어서 녀석을 죽여!"

그 말을 듣고 자간도 깨달았다.

오리아스의 발밑에 펼쳐져 있는 마법진은 자간도 본 적이 있는 것이었다.

"오, 마족 소환 마법진인가."

발바로스조차 성의 현관홀만한 마법진을 필요로 했던 것을 오리아스는 두 팔을 벌린 크기로, 그것도 즉흥적으로 만들어냈다.

예전에 진짜 마족과 맞닥뜨렸을 때는 자간의 〈마왕의 각인〉으로 쫓아내는 게 고작이었다.

만약 싸웠다면 죽었을 것이다.

그 마족이 다시 자간 앞에 나타나려 하고 있었다.

마법진에서 숨이 막힐 것 같은 장기(瘴氣)가 분출되자 다른 마술사들의 안색도 변했다.

"가세하겠습니다, 자간 님!"

키메리에스가 포효하자 대기가 일그러진다.

"쳇, 원망하지 마, 스승님!"

"나도 도울게."

고메리가 회색 마안을, 포레가 용의 입김을 토하며 가세한다.

세 종족이 마술에 자신들 특유의 힘을 더한 일격이었다. 아까 발바로스가 발사한 열선조차 어린애 장난으로 보일 정도의 파괴력이다.

하지만 곧이어 세 사람의 얼굴은 새파랗게 질렸다.

그 일격은 보이지 않는 벽에 가로막힌 것처럼 오리아스에게 닿기도 전에 흩어졌다.

"장기가, 방벽이 되었어……!

두꺼운 장기의 벽은 키메리에스를 비롯한 다른 이들의 힘으로도 뚫지 못했다.

바로 그때 네프테로스가 손을 뻗었다.

"그럼 신령 마법이라면——."

신령 언어로 된 주문을 외우자 대지에서 말뚝처럼 생긴 수정이 몇 개나 솟아났다.

그 수정은 장기의 벽을 뚫기는 했지만——

"읏――, 막혔어?"

신령 마법의 수정은 오리아스에 닿기 전에 정지했다.

네프테로스의 이마에 땀이 맺힌다.

그 표정에는 어쩌지 못하는 초조한 빛이 떠올라 있었다.

"큰일이야……, 이러다 주도권을, 빼앗기겠어……!"

네프테로스는 저항했지만 수정이 멈춰 있었던 건 몇 초에 불과했다.

다음 순간, 수정으로 된 말뚝은 방향을 바꿔 자간 일행을 덮쳐왔다.

"빛나라――성검 〈아즈라엘〉!"

샤스틸이 앞으로 끼어들더니 성검에서 정화의 빛을 뿜어냈다.

생각해보니 세례 갑옷을 입은 만전의 상태로 전력을 다하는 샤스틸을 보는 것은 자간도 처음이었다.

"――야아아아아아앗!"

새된 기합 소리와 함께 열 개가 넘는 검의 궤적이 수정 말뚝을 파괴했다.

――오. 장비가 갖추어져 있으면 신령 마법도 파괴할 수 있는 건가.

그 모습을 보고 자간도 진심으로 감탄했지만 샤스틸의 표정은 심각했다.

"큭, 벌써 장벽이 회복되고있어."

네프테로스가 깬 장기의 벽이 다시 오리아스를 지키듯 분출되고 있었다.

이 정도 양이면 샤스틸이 검을 휘두르더라도 오이라스에게까지는 닿지 않을 것이다.

"음. 방법이 없군."

역시 〈마왕〉은 다르다.

〈마왕〉이 눈앞에서 당당하게 마법진을 만들어내고 있는 것이다. 무방비하게 약점을 드러낼 리 없었다.

포기한 것처럼 중얼거리는 자간을 샤스틸이 찌릿 노려봤다.

"자간, 당신이라면 저것도 파괴할 수 있잖아?"

"아니, 무리야. 저건 마술이 아니라서 나도 '먹어치우지' 못하고, 〈용식〉은 원래 방어 마술이다. 공격을 받아야 비로소 그 파괴력을 보여줄 수 있지."

즉 〈용식〉은 반격 마술인 셈이다. 기동했다고 해서 공격할 수 있는 게 아니었다.

"〈천린〉이 있잖아?"

"아까 막힌 거 잊었어? 한 번 막아낸 마법에 다시 당할 만큼 〈마왕〉은 멍청하지 않아."

요컨대 자간에게도 오리아스의 소환을 막아낼 방법은 없었다.

——하기야 이 녀석은 살려둘 필요가 있기도 하니까.

죽여도 된다면 방법이 없는 건 아닌데…….

자간은 어깨를 으쓱이며 말했다.

"좋은 기회야. 마족이라는 것의 힘이 어떤지 한번 보지 뭐."

"……윽, 농담하지 마. 벌써 잊었어? 그건 인간이 감당할 수 있는 존재가 아니야. 현룡 오로바스도 목숨을 버려서 마족과 함께 죽는 게 고작이었다고."

오바로스의 이름이 나오자 포레도 몸을 움찔 떨었다.

자간은 고개를 끄덕였다.

"그래. 전설적인 용조차 목숨을 잃은 적이다. 싸우지 않아도 된다면 그렇게 해야겠지."

"그러면——."

"그렇지만 실제로 눈앞에 나타나면 어떻게 할 생각이지?"

"——!"

마족은 이미 이 세상에 나타나 있다.

오로바스와 라파엘도 싸웠고, 너무나도 큰 것을 잃었다. 마족이 무리를 이루어 나타나면 그것만으로도 세상은 멸망할 것이다.

그때 누구보다 앞장서서 싸워야 하는 사람이 바로 이 소녀다.

자간은 샤스틸의 머리에 가만히 손을 올렸다.

"그래서 난 지금이 마족에 대해 알 수 있는 좋은 기회라고 생각하는 거야. 넌 마술사는 아니지만 배울 수 있는 기회를 저버리지는 마."

그러고는 오리아스에게 시선을 돌렸다.

마법진에서는 암흑의 마력과 함께 이형의 '무언가'가 기어 나오고 있었다.

샤스틸이 성검을 거머쥐고 앞에 나가 서려고 했지만 그 손은 떨리고 있었다. 다른 마술사들도 마찬가지다. 네프테로스는 목소리조차 내지 못했다.

이윽고 그곳에 나타난 것은 기묘한 모습을 한 '무언가'였다.

종이처럼 얇은 몸에 머리는 있지만 얼굴은 없다. 팔다리는 비틀어져 풍차 같은 모습을 하고 있어서 아무리 봐도 살아 있는 생물처럼 보이지 않았다.

무엇보다 크다.

오리아스를 어깨에 태운 그것은 주위에 있는 나무들을 내려다볼 만큼 장신이었다.

그럼에도 무릎을 꿇고 싶어지는 위압감을 풍겼다.

발바로스가 더듬거리며 말했다.

"어, 어이, 이건, 예전의 녀석보다……."

"그래, 맞아."

자간도 고개를 끄덕인다.

——이 녀석은 발바로스의 마법진으로 소환했던 것보다 훨씬 더 강력하다.

〈마왕의 각인〉에서 기인한 힘일까.

모두 새파랗게 질려 아무 말도 하지 못했다.

오리아스가 웃었다.

「〈마왕의 각인〉으로 막을 수 있다고 생각하는 건 아니겠지? 이것을 쓰러뜨리지 못하는 한 너희들에게 미래는 없다.」

상대로 똑같은 〈각인〉을 가지고 있다.

마족을 제어하는 힘을 잃게 만들 수는 있어도 막는 건 불가능하다는 사실을 자간도 알고 있었다.

하지만 싸우지 못한다는 뜻은 아니다.

"마족이 상대라면 죽여도 상관없겠지."

샤스틸에게도 했던 말이지만 자간은 **싸우기** 위해 기다리고 있었다.

마족이 움직인다.

팔처럼 보이는 것을 살짝 떠는가 싶더니 그 몸에서 무수한 말뚝이 솟아났다.

"뭐, 뭐야?"

사람처럼 생긴 모습에서는 도저히 예측할 수 없는 공격에 발바로스가 비명을 질렀지만 그때는 자간도 이미 왼손을 높이 치켜들고 있었다.

"——〈천린 · 용식〉——"

순식간에 빛의 용이 나타나 그 몸으로 자간과 동료들을 지켰다.

마족의 말뚝은 빛으로 된 비늘에 가로막혀 자간이 있는 곳에는 하나도 닿지 못했다.

——일단 마족의 공격도 무력화 시킬 수 있군.

이건 기쁜 소식이다.

마족의 공격도 마력을 원천으로 삼고 있다는 뜻이니까.

하지만 오리아스는 고함을 질렀다.

「그 힘으로는 마족을 막을 수는 있어도 쓰러뜨리지는 못한다!」

마치 어디 한번 쓰러뜨려 보라는 말처럼 들렸다.

"굳이 말해주지 않아도 돼."

자간은 이어서 오른팔을 들어 올렸다.

주먹을 쥐지 않고 허공을 긁는 것처럼 손가락을 세운 채 손을 뻗었고.

그 손가락 끝에서 마력이 모여 마법진을 만들어냈다.

그 광경을 보고 고메리와 키메리에스의 얼굴이 노골적으로 굳었다.

“헉……. 모두 떨어져!”

“포레 아가씨, 네피 짱, 나를 꼭 잡고 있으세요!”

고메리는 뒤에서 네프테로스를 끌어안은 채 뒤로 물러났고 키메리에스도 포레와 네피를 안고 자간에게서 떨어졌다.

“어이, 멍청아, 잘 모르겠지만 위험한 것 같으니까 어서 도망치자고.”

“멍청이라고 부르지 마!”

하지만 샤스틸도 위험을 감지한 것이리라.

성검을 쥔 채 뒤로 펄쩍 뛰어올라 물러난다.

전원이 사정거리에서 벗어난 것을 확인한 자간은 오른팔을 휘둘렀다.

“——〈천린 · 오련대화(五連大華)〉——”

다섯 개의 검은 선이 자간의 손끝에서 뻗어 나왔다.

그것은 빼어난 도검 같기도 하고, 피안화의 꽃잎 같기도 했다.

다섯 자루의 검은 사방으로 날아가더니 마족의 말뚝을 베자마자 빨려 들어가는 것처럼 마족의 몸에 박혔다.

「……?」

그리고 검은 꽃이 피었다.

다섯 자루의 검이 박힌 마족의 상반신이 폭발한 것이다. 그 뒤에는 먼지 한 톨 남아 있지 않았다.

과거에는 겁에 질려 〈마왕의 각인〉에 매달리는 수밖에 없었던 마족이 단 일격으로 이 세상에서 소멸되었다.

바닥에 내동댕이쳐진 오리아스가 믿을 수 없다는 듯이 중얼거렸다.

「말도 안 돼……. 도대체 뭘 어떻게 한 거지?」

"별 거 아니야. 〈천린〉을 다섯 발 연달아 쏜 것뿐이다."

무작위적으로 퍼지는 불길과 달리 검의 형태로 응축시켜서 지향성을 띠게 한 〈천린〉 다섯 발이다. 말처럼 간단한 게 아니다.

──'진흙 마신'과 싸웠을 때는 표면까지밖에 닿지 못했지.

좀 더 깊이 찔러 넣었다면 그렇게 고전하지 않았을 텐데.

그 반성에서 개량을 거듭한 것이 바로 이 〈오련대화〉였다.

고메리와 키메리에스는 그 시운전을 본 적이 있었다. 그래서 자칫 말려들었다가는 죽음으로 직결된다는 사실을 알았던 것이다.

그리고 내부에서 불태우는 성질로 인해 이 공격에 당한 상대는 폭발하게 된다.

그 모습이 꽃 같다고 해서 〈오련대화〉라고 이름 붙였다.

"어라, 힘이 넘쳐서 결계까지 깬 것 같군."

마족을 해치운 여파로 마을의 결계도 깨진 모양이다.

주저앉아 있는 오리아스의 어깨에 눈이 내려앉았다.

더 이상 손쓸 방법이 없는지 오리아스도 입술만 깨물 뿐, 아무 말도 하지 않았다.

즉, 아무리 〈마왕〉이라도 혼자서는 자간을 감당하지 못한다는 것을 의미했다.

「죽여도 된다. 자네는 이겼고 난 졌다.」

"음. 그래야겠지만 네게 볼일이 하나 더 있어서 말이야."

그게 바로 자간이 오리아스를 생포하려고 한 이유였다.

「용건……이라고?」

"뭐, 대단한 건 아니지만……."

자간은 오리아스의 머리에서 후드를 벗겨냈다.

"너, 사실은 오리아스가 아니라 타이타니아지?"

후드 속에서 나타난 것은 노파의 얼굴이었지만, 분명 네피와 닮아 있었다.

◇

"타이타니아라니, 이 녀석이? 오리아스의 손에 죽은 것 아니었어?"

싸움이 끝나자 다른 사람들도 돌아왔다.

그리고 그 말을 듣고 자신들의 귀를 의심했다.

"넌 오리아스의 손에 죽은 게 아니었어. 오리아스를 쓰러뜨린 거지? 그래서 〈마왕의 각인〉을 손에 넣었고."

물론 진짜 오리아스와 안면이 있는 〈마왕〉은 눈치를 챘겠지만 애당초 마술사는 타인에게 관심이 없는 종족이다.

자신보다 아래인 마술사에게 패한 〈마왕〉이 어떻게 되든 다른 〈마왕〉은 신경 쓰지도 않았을 것이다.

"그렇다면 왜 엘프의 나라를 만들지 않았지? 그러려고 〈마왕〉에게 싸움을 건 것 아니었냐?"

발바로스의 의문에 자간은 고개를 가로저었다.

"못 만든 거지. 아니, 만들어봤자 의미가 없다고 해야 하나."

타이타니아는 오리아스에게 승리했을지도 모르지만 그 대가로 모든 것을 잃었다. 동료들도 살아가는 보람도 모두.

〈마왕〉을 적으로 돌린다는 건 그런 것이다.

──고메리를 제자로 받은 것은 똑같이 사라져가는 종족이기 때문일지도 몰라.

마인족도 엘프에 뒤지지 않는 희귀종이다. 지금은 온 대륙을 뒤져도 100명도 채 남아 있지 않다고 한다.

똑같은 고독을 아는 자로서 정이 생긴 건지도 모른다.

"여기서부터는 내 억측인데, 아마도 넌 이 마을 출신이겠지. 네가 이 마을에서 어떤 취급을 당했는지는 모르지만 오리아스와 싸운 후에는 그래도 바깥세상보다는 낫다고 생각했을 테고, 그래서 네피를 이곳에 맡겼다. 아닌가?"

「…….」

오리아스는 대답하지 않았지만 그 침묵이 대답을 대신했다.

샤스틸이 고개를 갸웃거린다.

"그치만 왜 네피를 어린아이로 만든 거야? 게다가 이곳에 가둬 둔 이유는 뭐지?"

그 질문에 자간은 어이없다는 표정을 지었다.

"그 말을 네가 할 줄은 몰랐군."

"그게 무슨 뜻이야?"

직무는 이미 끝난 걸까.

아니면 결계가 사라지면서 원래대로 돌아온 걸까.

다시 맹해진 샤스틸을 보고 자간은 머리를 흔들었다.

"네피가 이 녀석의 딸이 맞다는 뜻이잖아?"

그 한마디에 오리아스는 결국 졌다는 듯 한숨을 내쉬었다.

「이것 참. 허세를 부리는 게 이 정도로 허무하다는 생각이 든 건 처음이다.」

오리아스는 네피에게로 시선을 돌렸다.

「꼬마 아가씨, 이 사람들과 함께 지내는 건 즐거웠어?」

"네. 짜간 님과 뽀레 언니 모두 다정하게 잘 대해줬어요."

지금의 네피에게는 조금 어려운 이야기였을 것이다.

눈앞에 있는 사람이 자신에게 어떤 존재인지도 모르고 그렇게 대답했다.

——어쩌면 이 녀석은 그 사실을 감추기 위해 일부러 노파의 모습을 하고 있는 건지도 몰라.

펜던트에 있는 초상화에서는 젊은 모습이었고, 고메리의 스승이라면 자신의 육체 나이 정도는 마음대로 바꿀 수 있으리라.

오리아스는 부드럽게 고개를 끄덕였다.

「응, 그래. 이 할머니는 그 즐거운 시간이 계속된다면 참 좋겠다는 생각을 했단다.」

그렇게 말하는 오리아스를 보고 네피는 곤혹스러운 표정을 지었다.

“그건 정말 기쁜 일이지만 그러면 안 돼요. 짜간 님에게는 일이 잔뜩 있거든요. 그래서 나도 얼른 자라서 짜간 님을 도와드리고 싶어요.”

오리아스는 울적한 한숨을 흘렸다.

「암, 그렇겠지. 하지만 난 그것보다 지금 이 즐거운 시간을 만끽하게 해주고 싶었어.」

그러더니 오리아스는 네피를 손짓해 불렀다.

「자, 이리 오렴. 슬슬 집으로 돌아갈 시간이란다. 공주님에게 걸린 주문을 풀어주마.」

오리아스가 이마에 손을 대자 네피는 그대로 털썩 쓰러졌다. 그리고 그 어깨에 로브를 걸쳐줬다.

「한 시간 정도 지나면 원래 모습으로 돌아올 거야.」

그리고 자간을 쳐다봤다.

「네 말이 맞다. 난 오리아스를 물리쳤지만 그 대신 모든 것을 잃었어. 이 마을을 뛰쳐나와 학대당하는 자들의 낙원을 만들고 싶었는데 나 때문에 모두 죽어버렸지.」

그때 어떤 절망이 그녀를 엄습했는지, 그건 아무도 모른다.

오리아스는 오른손에 있는 〈각인〉을 들어 보였다.

"엘프라는 족쇄를 버리는 데에 오리아스라는 이름은 아주 요긴하게 사용되었다. 그 후의 일은 좋을 대로 상상해."

오리아스는 이제 지쳤다는 듯 한숨을 내쉬었다.

「그나저나 나 같은 늙은이를 살려둔 게 이런 시답잖은 이야기를 듣기 위해서인가?」

"아니. 뭐, 네 추억 이야기도 그리 나쁘진 않지만."

그래. 본론은 이제부터다.

자간은 오리아스의 앞에 섰다.

마족조차 물리친 오른팔을 치켜들자 다른 사람들의 얼굴이 창백하게 질렸다.

"자, 잠깐 기다려, 자간! 이 사람은 네피의, 그……, 어머님이잖아? 그런데도 죽이다니."

자간은 뭐라고 외쳐대는 샤스틸을 무시하고 그 팔을 휘둘렀다.

「……?」

오리아스도 몸을 살짝 긴장시켰지만, 다음 순간 그 얼굴은 당혹스러움으로 물들었다.

자간은 가슴에 손을 올리고 오리아스 앞에 무릎을 꿇고 있었다.

"타이타니아. 난 당신의 딸——네피를 사랑하고 있어. 그러니 당신의 딸을, 내게 줘."

오리아스——아니, 타이타니아의 입이 쩍 벌어졌다.

「에, 아니, 어……?」

〈마왕〉답지 않게 당황한 목소리를 흘렸지만 이내 믿을 수 없다는 듯 중얼거렸다.

이게 바로 자간이 **싸움**을 하지 않았던 이유다.

자간이 공격한 것은 어디까지나 마족뿐, 오리아스에게는 마지막까지 상처 하나 입히지 않았다.

——네피의 육친을 죽여도 되는 건 네피뿐이니까.

……육친을 죽이는 것 자체가 문제겠지만 유감스럽게도 자간은 그렇게 일반적인 감성의 소유자는 되지 못했다.

문제는 〈마왕〉을 상대로 싸우지 않고 굴복시킬 수 있는 힘이 자간에게 있는가였는데, 끝나고 보니 그 정도로 어렵지는 않았다.

그런 자간의 말에 오리아스는 자신의 귀를 의심하듯 말했다.

「내 딸을 달라니, 네피를 아내로 삼고 싶다는 뜻인가……?」

"그래."

「그게 내게 이해를 구할 일인가?」

"네가 살아 있고 네피의 행복을 원하고 있잖아. 그보다 더 중요한 이유가 있나?"

자간은 부모 자식이라는 개념을 잘 모른다.

하지만 만약 포레에게 좋아하는 사람이 생겼는데 자신이 납득하지 못하는 사람이라면 용서하지 못할 것이다.

그렇다면 네피의 부모에게는 경의를 표해야 하는 것 아닐까.

그게 자간의 생각이었다.

오리아스는 어쩔 수 없다는 듯 웃었다.

「이 아이는 이미 너의 것이다. 그렇지만 이 한마디는 꼭 하고 싶어.」

오리아스는 그렇게 운을 떼고 머리를 깊이 숙였다.

「내 딸을, 잘 부탁하네.」

이렇게 해서 네피의 귀향은 막을 내리게 되었다.

「그럼 네페리아가 깨어나기 전에 난 돌아가겠다.」

"아, 잠깐 기다려."

다시 후드를 쓰고 그대로 사라지려는 오리아스를 자간이 불러 세웠다.

「……아직 더 볼 일이 있나?」

오리아스가 의아한 표정을 짓자 자간은 어이없다는 표정을 지었다.

"설마 〈마왕〉을 상대로 패했으면서 그대로 돌아갈 수 있을 거라고 생각하는 건 아니겠지?"

바로 직전에 보인 성의를 쓸모없게 만드는 말에 모두 그대로 굳어버렸다.

"자, 자간, 그녀는 네피의 어머니잖아? 게다가 더 이상은……."

"내가 이런 말을 하는 것도 좀 그렇지만, 스승님은 그렇게 나쁜 사람이 아니야. 얼핏 보면 영 서툴러 보이지만 절대 네게 해가 될 사람은 아니라고 할까……."

웬일로 샤스틸뿐만 아니라 고메리까지 말리고 들었지만 자간은 두 사람을 찌릿 노려봐 입을 다물게 만들었다.

"패자에게는 제재를. 예외는 없다. 그것이 〈마왕〉이든 누군가의 부모든."

네피와 포레, 사랑하는 사람들을 지키기 위해 자간은 늘 자신과 적대 관계에 서는 것이 얼마나 수지가 맞지 않는 일인지를 끊임없이 보여줘야만 한다.

발바로스와 라파엘, 같은 〈마왕〉인 비프론스도 아무 벌도 없이 풀어주지는 않았다. ……아니, 비프론스 같은 경우는 실제로 몇 번이나 죽였다.

그러니 이것은 양보할 수 있는 문제가 아니었다.

모두가 자간의 말이 옳다고 인정한 것은 아니었다.

하지만 잘못되었다고 부정하지도 못했다.

자간을 말리는 목소리는 더 이상 들리지 않았다.

단 한 명, 발바로스만 웃기지도 않는다는 듯 코를 후비고 있었다. 이 녀석은 나중에 좀 패줘야겠다.

오리아스는 저항하는 시늉조차 하지 않고 자간의 앞에 섰다.

「마술사로서는 당연한 논리지. 안 그래도 너무 오래 살아서 질리던 참이다. 이것으로 네페리아를 지킬 수 있다면 더 바랄 게 없어.」

"아주 깔끔하군. 그럼 벌을 내리도록 하지."

그리고 자간은 발바로스에게 시선을 돌렸다.

"어이, 발바로스. 그것 좀 줘."

"……너, 제법인걸."

악우는 자간이 하려는 말을 알아차리고 그림자 속으로 손을 넣었다.

그곳에서 꺼낸 물건은 술병 하나였다.

자간은 술병을 받아 들고 말했다.

“넌 이 마을 출신이지? 이곳의 술은 제법 맛이 괜찮아. ……그런데 욱하는 바람에 술 저장소까지 다 날려버렸지 뭐야.”

오리아스는 무슨 말을 하려는지 모르겠다는 듯이 눈썹을 찌푸렸다.

「그게 어쨌다는 거지?」

“이것과 똑같은 술을 입수해서 **네가 직접** 내 성까지 바치러 오는 거다. 그게 네게 내리는 벌이다.”

「내가, 네 성으로……말이냐?」

진의를 알아내려는 듯 반복해서 묻는 오리아스의 시선은 저절로 네피를 향했다.

오리아스는 화들짝 놀랐다.

「설마 네페리아와 나를 만나게 해주려는 건가?」

“글쎄. 만약 내 성에서 **우연히** 네피와 마주치게 되더라도 내가 뭐라고 할 이유는 없지.”

쌀쌀맞게 대답하자 오리아스는 씁쓸하게 웃었다.

「……기간은 얼마 정도면 될까?」

“난 별로 한가하지 못하니까 오래 기다릴 생각은 없다.”

「시간이 너무 촉박하군.」

“벌이니까.”

오리아스는 과장되게 머리를 숙였다.

「패자는 승자를 따른다. 그것이 세계의 섭리.」

과거에 딸을 버렸던 오리아스가 자신의 마음을 정리하는 데 얼마나 많은 시간이 걸릴지는 모른다.

네피와 재회하더라도 비극만 펼쳐질지도 모르는 일이다.

——하지만 이 녀석이 네피의 행복을 바라고 있다면 만날 자격은 있겠지.

그렇기 때문에 자간은 기회를 주는 것이다.

「……설마 이 나이에 용기를 시험 받게 되는 날이 올 줄은 몰랐다.」

그 말을 마지막으로 오리아스의 모습은 그림자처럼 사라졌다.

오리아스의 기척이 완전히 사라지자 발바로스가 어이없다는 듯 말했다.

"넌 진짜 하나도 변한 게 없구나."

"시끄러. 그러면 네가 다른 방법을 생각해봐라."

"그냥 죽이면 되잖아."

"그랬다간 네가 죽을 줄 알아!"

자간이 노려보자 발바로스는 푸핫 웃음을 터뜨렸다.

"헤헤헤, 주인님의 심기를 거스를 생각은 없답니다."

그런 두 사람을 본 샤스틸은 깜짝 놀란 모습이었다.

"발바로스, 당신은 알고 있었던 거야? 자간이 이렇게 할 거란 걸."

"아니, 너야말로 왜 내가 살아 있다고 생각하는 거냐?"

발바로스도 술을 바친다는 조건으로 살아 있는 것이다.

완전히 똑같은 흐름인데도 알아채지 못할 만큼 멍청하지는 않았다.

그 자리에서 놀란 표정인 사람은 샤스틸 혼자뿐이었다.

포레가 하품을 참으며 말했다.

"꼬랑댕이 머리는 생각이 짧구나. 나보다 자간을 더 오래 알았으면서 그런 것도 눈치채지 못한 거야?"

"뭐?"

포레는 아까 자간이 오리아스에게 벌을 내릴 때도 키메리에스의 등에서 느긋하게 쉬고 있었다. 뭐, 지금은 밤이고 평소라면 벌써 잠들었을 시간이니 무리도 아니지만.

"그, 그럼 키메리에스는? 당신도 몰랐지?"

"아뇨, 자간 님의 성격을 생각하면 오리아스 님을 죽이는 일은 없을 거라고 생각했습니다."

키메리에스가 사자의 얼굴로 안됐다는 듯 쳐다보자 샤스틸의 눈에 점점 눈물이 맺혔다.

그리고 매달리듯 고메리에게 말했다.

"크으흑, 고메리도 뭐라고 말 좀 해봐! 당신도 당황했었잖아?"

그러자 고메리는 어쩐 일로 뺨까지 붉히며 얼굴을 가렸다.

——이 녀석에게 수치심이라는 개념이 남아 있었다니…….

오히려 왠지 마음이 놓였다.

고메리는 울먹이는 목소리로 말했다.

"어, 어서 잊어라. 스승의 일이다 보니 그만 정신이 없어서 이 녀석과 똑같은 반응을 보이고 말았다……. 그……, 그냥 콱 죽어 버려야지.”

“그게 죽을 정도로 괴로운 일이야?”

참다 못한 샤스틸은 마침내 울음을 터뜨렸다.

——아아, 근무 시간은 끝난 모양이군.

늠름한 성기사장님은 분명 듬직하지만 역시 이 소녀는 이래야지, 안 그러면 마음이 놓이지 않는다.

자간의 품에 있던 네피가 울음소리를 듣고 몸을 살짝 움직였다.

“으……음……?”

“네피!”

자간이 외치자 모두 모여들었다.

“자간 님……, 어머……? 저기, 내가, 어떻게……?”

기억이 혼란스러운 걸까. 네피는 당황해서 중얼거릴 뿐이다.

“네피, 무슨 일이 있었는지 기억나?”

자간이 묻자 네피는 이상하다는 듯 귀를 떨었다.

그 모습을 보니 진짜 네피가 돌아왔다는 실감이 들었다.

네피는 기억을 더듬는 것처럼 고개를 숙이고 있더니 화들짝 놀라며 외쳤다.

“맞다, 자간 님! 이곳에 엘프 마술사가 숨어 있어요. 그 힘……, 아마도 자간 님과 똑같은 〈마왕〉이 아닐까 싶은데…….”

그 반응에 자간은 안심한 것 같기도 하고 유감스러운 것 같기도 한 복잡한 기분이 들었다.

——어려졌을 때의 일은 기억하지 못하는 건가…….

천진난만하게 웃고 좋아한다고 말해준 소녀는 더 이상 이곳에 없다.

정말 이것으로 괜찮은 걸까? 그런 의문이 샘솟았지만 자간은 그 생각을 떨쳐내듯 머리를 흔들었다.

그리고 네피의 머리를 쓰다듬어준다.

“그 녀석은 적이 아니었어. 그러니까 이제 안심해도 돼.”

그건 그냥 꿈이었다.

네피는 어리둥절한 모습이었지만 이내 자간의 가슴팍으로 시선을 옮겼다.

어린 네피에게 받은 화관이 살짝 엿보였다.

네피는 머뭇거리며 화관으로 손을 뻗었다.

“이건 **뽀레 언니**랑 같이 만든…….”

어렴풋이 기억나는 부분도 있는 모양이다.

그러더니 또 깜짝 놀라는 네피.

“자간 님, 제게 뭔가 중요한 이야기를 하시지 않았나요?”

“중요한 이야기……? 아니, 별일 없었는데…….”

자간이 고개를 갸웃거리자 네피는 하얀 머리를 흔들며 고개를 저었다.

“아니요, 분명히 있었어요. 난로 앞에서 자간 님이 무슨 말인가…….”

“헉.”

——난로 앞——중요한 이야기——

그 말을 듣자 자간도 생각났다.

——난 널 사랑한다. 그래서 내가 사랑했던 네피를 다시 되찾고 싶어.

지금껏 '좋아한다'는 말 한 마디 하지 않았던 자간이 처음으로 자신의 마음을 네피에게 전한 순간이기도 했다.

자간이 어쩔 줄 몰라서 당황하기 시작하자 제일 먼저 움직인 사람은 키메리에스였다.

"고메리 씨, 우린 저쪽으로 가서 이야기나 좀 할까요?"

"이거 놔, 키메리에스! 이렇게 보람 있는 순간을 놓칠 수는 없잖아. 이거 놓으라니까아아아아아아아아아!"

고메리는 키메리에스에게 목덜미를 물린 채 보기 흉하게 고함을 지르며 질질 끌려갔다.

그러자 샤스틸이 두 손으로 포레의 시야를 가린다.

"꼬랑댕이 머리. 안 보이잖아."

"미안하지만 넌 아직 어려서 안 돼. 라파엘 님이라면 분명 이렇게 하실 거야."

아무래도 성에서 기다리고 있을 집사 대신 포레의 눈을 가려준 모양이다. 샤스틸 역시 그대로 포레를 데리고 자리를 떠났다.

마지막으로 남은 발바로스는 전혀 관심 없다는 듯 나무에 기대어 술을 마시고 있었다.

어느새 완전히 퇴로가 차단되자 자간은 신음을 흘렸다.

"저기, 네피. 그때 일은 말이다……."

"네."

네피의 파란 눈이 그를 똑바로 쳐다본다.

——여기서 도망치면 앞으로 평생 내 마음을 표현하지 못할 것 같은 느낌이 들어.

오리아스에게는 용기를 북돋아주는 말을 하고서 자신은 이 꼴이라니 너무 한심한 일이다.

자간은 살짝 숨을 가다듬고 말했다.

"네피."

"네."

"……10초만 기다려줘."

"……네."

고개를 끄덕이는 네피는 어쩐지 씁쓸하게 웃고 있는 것처럼 보였다.

상황이 정리되었다고 바로 좋아한다고 말할 수 있다면 이렇게 네피를 기다리게 하지도 않았다.

심호흡을 해서 마음을 진정시키는 노력을 해봤지만 10초라는 시간은 너무 짧았다.

세 번 정도 호흡을 가다듬었을 때는 이미 약속한 10초가 지나려 하고 있었다.

자간은 눈을 커다랗게 뜨고 말했다.

"네피!"

"네, 네에."

"……딱 한 번만 말할 거니까 잘 들어."

그렇게 전제를 둔 다음 소녀의 몸을 끌어안고 그 뾰족한 귀에 속삭이듯 이렇게 말했다.

"좋아한다, 네피. 널 사랑해."

말하고 나자 왜 좀 더 멋지게 말하지 못했냐는 생각에 얼굴을 가리고 싶어졌다.

네피는 팔에 힘을 꼭 주며 자간을 끌어안았다.

달콤한 향기.

부드럽고 가냘프고, 그러면서도 있는 힘껏 꽉 끌어안아주는 그 모습에 자간도 자신의 심장이 크게 뛰는 것을 느낄 수 있었다.

그리고 네피의 심장도 빠르게 고동치고 있는 걸 알 수 있었다.

네피는 행복해하며 이렇게 대답했다.

"네. 기억하고 있어요."

얼굴이 새빨개지는 게 느껴진다.

——네피, 전부 다 기억하고 있었던 건가?

그러면 굳이 다시 말하게 할 필요는 없었잖아.

하지만 기쁜 듯 쫑긋거리는 귀를 보고 있으니 화를 내려고 해도 낼 수가 없었다.

——한 번 더 듣고 싶었던 건가……?

어쨌든 자신이 사랑받고 있다는 것은 알았다.

그리고 네피도 자간의 귓가에 속삭이듯 말했다.

“저도 자간 님이 좋아요. 너무 좋아요. 진심으로, 진심으로 사랑하고 있어요.”

생각지도 못한 한마디에 자간 역시 자연스럽게 네피의 얼굴에 뺨을 댔다.

샤스틸은 귀까지 새빨개져서 이쪽을 응시하고 있었고, 고메리는 시끄럽게 뭐라고 외쳐대고 있었고, 발바로스는 보란 듯이 트림을 하고, 포레는 샤스틸의 정강이를 걷어차는 등, 이래저래 분위기는 어수선했을지도 모른다.

하지만 그 모든 것을 용서할 수 있을 것 같은 기분이었다.

하지만 그때 자간은 알아차리지 못했다.

그곳에 네프테로스의 모습이 보이지 않는다는 것을…….

◇

「……음. 내게 무슨 용건이라도 있나?」

울창한 숲 속.

네프테로스는 모습을 감춘 오리아스의 뒤를 쫓고 있었다.

머지않아 추적을 눈치챈 오리아스는 걸음을 멈추고 그렇게 물었다.

네프테로스가 모습을 드러내자 오리아스는 납득한 것처럼 고개를 끄덕였다.

「넌……, 음, 넌 자간이 아니라 비프론스의 부하였지.」

오리아스는 결코 적의를 담아 그런 말을 한 게 아니었다.

하지만 눈을 마주치기만 했는데도 네프테로스는 그대로 무릎을 꿇을 뻔했다.

——자간은 이런 괴물에게 이긴 건가…….

그 자리에 있었던, 자간을 제외한 다른 마술사들과 성기사장이 한꺼번에 덤볐는데도 이 〈마왕〉에게 손끝 하나 대지 못했다.

공포로 인해 침을 꿀꺽 삼킨다.

그런 〈마왕〉과 일대일로 만나는 상황을 만든 자신이 원망스러웠다.

네프테로스는 자간의 가호를 받고 있는 게 아니다. 오리아스는 살려둘 이유가 없는 상대가 마음에 들지 않으면 간단히 죽여버릴 것이다.

〈마왕〉은 그런 존재고 오리아스는 〈마왕〉 중 한 명이니까.

그런데도 네프테로스는 용기를 쥐어짜 입을 열었다.

"무례를 용서해주십시오. 여쭙고 싶은 게 있어서 이렇게 왔습니다."

오리아스는 어깨를 으쓱였다.

「난 지금 아주 기분이 좋아. 그러니 그렇게 어려워하지 않아도 돼.」

"네."

오리아스는 부드럽게 말해줬지만 네프테로스의 입술은 파랗게 질리고 손은 보기 흉하게 떨렸다.

〈마왕〉은 물론 무섭다.

하지만 이 질문에 대한 답을 알게 되는 것도 무서웠다.

오리아스는 그런 네프테로스를 위로하듯 말했다.

「이야기해봐. 자간이 꽤 아끼는 것 같던데 나도 지금은 그의 기분을 상하게 하면서까지 네게 위해를 가할 생각은 없다.」

동정이 담긴 말에 네프테로스도 마음을 굳히고 입을 열었다.

“당신은 네페리아의 어머님이시죠?”

「……음, 틀린 건 아니지만 가능하면 그 일은 입 밖에 내지 않으면 고맙겠다.」

“죄송합니다. 하지만 중요한 일입니다.”

네프테로스는 재빨리 머리를 숙이고 말했다.

“당신에게 다른 아이는 없었습니까?”

「음……? 질문의 의도를 잘 모르겠군. 그게 무슨 뜻이지?」

마른침을 삼킨 다음, 마침내 네프테로스는 고개를 들었다.

“전 네페리아와 얼굴이 똑같습니다. 똑같이 하얀 머리를 가지고 있고, 신령 언어에도 정통하죠.”

자신의 얼굴을 만지며 말을 이었다.

“하지만 제게는 어린 시절의 기억도 가족이라는 것에 대한 기억도 없어요.”

무엇보다 지금껏 그 점을 의아하게 생각하지 않았다는 사실이 무섭다.

목소리는 볼품없이 떨리고 있었다.

당장이라도 울음을 터뜨릴 것처럼 얼굴을 일그러뜨리며 네프테로스는 이렇게 물었다.

"전 도대체 누구인가요?"

그 물음에 오리아스는——

——to be continued.

후기

여러분, 오랜만에 뵙습니다. 『마왕인 내가 노예 엘프를 신부로 삼았는데 어떻게 사랑하면 되지? 4』와 함께 찾아온 테시마 후미노리입니다.

사랑하는 신부가 딸이 되었는데 어떻게 사랑하면 되지?

네피의 고향에 갔더니 네피는 작아지고, 포레는 여동생이 생겼다고 기뻐하고, 고메리는 작은 아이로 변해서 폭주. 게다가 어쩌다 보니 말려든 네프테로스까지 가세해 시끌벅적! 그런 가운데 제일 야무진 사람은 바로 샤스틸.

네피를 다시 신부로 돌아오게 만들 것인가, 아니면 이상적인 딸로 키울 것인가, 자간의 선택은!

대충 이런 느낌의 귀향 여행편입니다.

네피가 작아진 영향인지 의외로 이번에는 네프테로스가 메인이 되어 우왕좌왕합니다. 삽화도 많아서 네피와는 또 다른 표정을 보여주는 게 무척 신선했답니다.

그리고 작가의 예상과 달리 3권에서는 비중이 적은 캐릭터였던 고메리가 이번에는 마음껏 폭주해줍니다.

그 덕분에 왠지 플롯과 다른 이야기가 된 것 같은 느낌도 들지만 그 정도는 사소한 일이겠죠. 네프테로스와의 사이에 백합 무드를 조성해봤는데 담당 K님이 말리지 않아서 정말 다행입니다.

……사실 그 장면은 꽤 마음에 든답니다.

백합은 정말 좋은 것 같아요.

개인적으로는 딱 달라붙어서 질척하게 구는 것보다는 우정일까 아니면……, 하는 정도의 애매한 거리감을 '어머나~' 하면서 지켜보는 것을 좋아합니다.

그리고 나이 차가 많이 나는 커플이나 콤비도 좋아하고요.

초로의 상사와 신입 소녀. 집사와 메이드 같은 것도 그런 느낌이네요.

잔소리가 심하거나 반대로 너무 과묵해서 무슨 생각을 하고 있는지 모르는 할아버지(물론 할머니도)와 외골수이지만 입이 험한 외톨이 소녀가 점점 서로에게 마음을 열어가는 이야기는 정말 최고예요.

반대로 성격이 삐뚤어진 할머니와 소녀의 조합도 좋고요.

총이라도 가지고 있을 것 같이 무섭게 생긴 할머니가 소녀가 사라지자 조금 쓸쓸한 표정을 짓거나, 소녀가 돌아오자 다시 겸연쩍어하며 인상을 쓰거나 하는 건 그야말로 심장에 직격입니다.

……네.

초장부터 도대체 무슨 이야기를 하는 거냐면, 이번에도 후기 페이지가 너무 많아서 그렇습니다.

그러니 일단 이 작품과 관계가 있을 것 같은 제 취미 등을……,

아니, 가만히 보니까 별로 관계가 없는 것 같네요. 어쨌든 그런 취미 이야기입니다.

취미 얘기가 나온 김에 제 근황을 이야기하자면 도장용 에어 브러시의 컴프레서가 부서져서 새로 조달했습니다. 역시 잘 만든 도구는 사용감이 참 좋은 것 같아요. 그렇게 원하는 대로 도장할 수 있는 것이었다니…….

또 오랫동안 사용해온 펜 태블릿이 고장 나서 역시 또 새로 구입했습니다. 심지어 놀랍게도 액정 태블릿! 뭐가 그렇게 대단하냐면 직선을 그려도 전혀 구부러지지 않는다고 합니다. 역시 잘 만든 도구는(이하 생략).

다음 권은 이번에 불안하게 마무리한 네프테로스와 이번 3권에서 캐릭터가 붕괴된 게 아닐까 싶을 정도로 열심히 애써준 샤스틸이 메인인 이야기가 될 것 같습니다. 샤스틸의 이야기이니 교회 쪽 사람 중에 새로운 캐릭터가 나올 수도 있고 아닐 수도 있고요.

그 외에는 이번에 어떤 결단을 내린 자간과 네피가 평범한 커플은 무슨 일을 하는지 몰라 우왕좌왕할 겁니다.

열심히 집필 중인 『마왕인 내가 노예 엘프를 신부로 삼았는데 어떻게 사랑하면 되지? 5』는 봄에 발행될 예정입니다.

그리고 또 하나! 자세한 이야기는 띠지에 기재되어 있지만 이 시리즈의 만화화도 차근차근 진행 중입니다.

먼저 키비주얼을 봤는데, 작품의 분위기를 중요하게 여겨주셔서 아주 재미있는 작품이 완성될 것 같습니다.

연재 개시 시기는 이 후기를 쓰고 있는 시점에서는 아직 오프 더 레코드이지만 머지않아 선보일 수 있을 것 같아요. 이쪽도 기대해주세요!

다른 예정은, 일단 이번 4권은 새해 1월의 신간에 포함되어 있었는데 설날이다 보니 발행이 늦어졌습니다. 그래서 같은 12월 발행 작품도 이때 나올 것 같네요.

노벨라이즈 『데스크톱 아미 라푼젤의 마탑』. 3부작 완결편입니다! 그리고 이 작품 주인공들의 키트화가 결정되어 1월에 발매될 예정이에요.

하나 더. GA 문고에서 『마왕의 딸을 신부로 삼아 시골 생활을 시작했는데 행복해지면 안 된다고 한다.』 2권도 곧 발행됩니다.

지금 보고드릴 수 있는 건 이 정도?

그럼 이번에도 신세를 진 분들에게 감사 인사.

매번 이래저래 신경 써주시는 담당 K님. 이번에도 사랑스럽고 아름다운 일러스트를 그려주신 일러스트레이터 COMTA님(로리네피도 귀엽지만 컬러 용식이 정말 굉장했어요!). 표지 디자인, 교정, 광고 등에서 애써주신 여러분. 최근에 PTA 등으로 바쁜데 알아서 설거지도 해주는 아이들. 그리고 이 책을 구입해주신 당신.

감사드립니다!

정신없는 연말 어느 날에　2017년 12월 테시마 후미노리

아틀리에 달의 창신관(窓新館)

마왕인 내가 노예 엘프를 신부로 삼았는데 어떻게 사랑하면 되지? 4

2018년 5월 5일 제1판 제1쇄 인쇄
2018년 5월 10일 제1판 제1쇄 발행

지음 | **테시마 후미노리**
일러스트 | **COMTA**
옮김 | **권미량**

발행인 | 오태엽
편집팀장 | 김충영
편집담당 | 윤찬영
한국어판 디자인 | Design Plus
라이츠사업팀 | 이은선, 조은지, 이선
출판영업팀 | 안영배, 경주현, 임종현
제작담당 | 박석주

발행처 | (주)서울미디어코믹스
등록일 | 2018년 3월 12일
등록번호 | 제 2018-000021
주소 | 서울특별시 용산구 새창로 221-19(한강로2가)
전화 | (02)799-9174(편집), (02)791-0752(마케팅)
팩스 | (02)799-9334(편집)
인쇄처 | 코리아 피앤피

ISBN 979-11-89126-23-0
ISBN 979-11-89126-22-3 (세트)

●잘못된 책은 구입하신 곳에서 교환해 드립니다.

로리코오오오온, 파이팅! 파이팅! 파이팅!

TANAKA THE WIZARD

다나카 나이=이퀄 여친 없는 역사인 마법사

5

위험한 대륙으로 전송된 다나카 씨가 은발 갈색 로리에게 천박한 머릿속을 읽혀서 으쌰으쌰!!!!!

곳골?

※제3회 「나로우콘 대상」 수상작이라고!!!!!

초판 한정 특별 부록

스탠드 거치용

양면 일러스트 카드

증정!!

우연히 발견한 전송장치 탓에 암흑대륙으로 날아가버린 다나카. 아무래도 돌아갈 수는 없는 모양이다. 오고 말았으니 어쩔 수 없다며 전부터 언젠가 채집하러 올 예정이었던 젊어지는 약의 재료, 그린 실프의 날개를 채집하려고 나선다. 그러나 그곳은 이 세계에서 가장 흉악한 몬스터가 서식하는 땅. 아무리 다나카라 해도 그리 간단하게는——역시 파이어 볼은 최강이었습니다……. 게다가 갈색 쿨 로리의 등장으로 다나카의 그곳도 더더욱 불타오른다!!

갈색 쿨 로리의 등장으로 한층 더 불타오르는
이세계 동정 망상 무쌍 제5권!

NEXT

화제 만발 애니메이션 노벨라이즈 대망의 완결!!

퀄리디아 코드
3

“우린 운명 공동체잖아. 오래비 거는 내 거. 내 거는 오래비 거.”

“이 세계는 가짜다.”——

호타루가 전한 메시지에 의문을 느끼고 있던 카스미. 그는 오쿠니 마히루 의무관의 습격을 통해 자신의 눈에 비치는 기괴한 세계의 진실을 알고 남몰래 행동을 개시한다.

한편, 최대 전력인 마이히메와 호타루를 잃은 방위도시에 한층 대대적인 언노운의 습격이 밀려온다. 카스미가 비운 자리를 지키기 위해 필사적으로 항전하는 아스하와 카나리아의 죽음을 받아들이고 지금 다시 전장에 우뚝 선 스자쿠. 그러나 새롭게 출현한 유례를 찾아볼 수 없을 만큼 강력한 인간형 언노운에 밀려 궁지에 몰리고 만다. 그러나 이미 스러졌을 터인 소녀가 혼란에 빠진 전쟁터에 모습을 드러낸 순간, 세계가 반전한다!!

격전 끝에 도달한 세계의 진실이란?! 대인기 애니메이션 공식 노벨라이즈, 운명의 제3권!

그리고, 세계는 반전한다——!!

와타리 와타루 지음 | **마츠류** 일러스트 | **wingheart** 권두 그림·삽화 | **유유리** 옮김

J NOVEL **절찬 판매 중!**